游荡者

Aylak Adam

[土耳其] 尤瑟夫 · 阿提冈——著
邢明华——译

Yusuf Atılgan

人民日报出版社

目录

冬季

1

开篇精巧的寓言故事，却讲成了志怪传奇。

巴基[1]

人行道上涌动的人潮中可能会有“她”的念头钻进了我的脑海，心里的郁闷顿时烟消云散。(郁闷也都怪那个服务员，我暗自想道。拿外衣的时候，我看到了他的脸：狡猾的笑容堆出的皱纹，那种眼神，怎么说呢，是那种突兀而勉强的客套，让人很不情愿掏小费的感觉。我索性没给。）仔细打量了一遍四周，男人们刚刮了胡须，女人们妆容齐整，个个都面容轻松愉悦。清真寺角落里，断腿的乞丐冻得发紫，没穿袜子的报童们也都冻得够呛。仿佛认得出“她”来似的，我逡巡着依次注视过往的行人。

① 巴基（Bâkî，1526—1600），土耳其宫廷诗人。——译者注（下文中的注释均为译者注，不再另做说明）

今晚我是自私了吧，不禁对自己生起气来。我本可以让这条街更值得游逛的，比如让“她”观赏一场万中挑一的电影：“她”坐在前排，手托着腮看着电影，然后正好在我想“她”的那一刻，想起我；电影结束，就走路回家。

人潮打断了我的遐想。刚才那种郁闷又回来了，沉沉地压在心里。这次不是因为那个服务员，我心里清楚。一想到前边在那个有幽深的包厢的电影院前等人的斗鸡眼女人，我就浑身起鸡皮疙瘩，立刻拐进旁边的那条街——那晚的那条街——心里那种既受伤又自信的感觉愈发强烈起来。一个月以前，有个人被两个黑胡子的裁缝——想不透为什么是裁缝——给揍了一顿的那晚，也是为了躲那个斗鸡眼女人，我拐进了这条街。也许还有一个理由，躲她就是帮忙，保护她工作的自尊心，就以这个理由，随后她也许会要我跟她一起走进那些神秘幽深的包厢中的一个，想到这个，我就感到害怕。臆想中，斗鸡眼女人带着泽赫拉阿姨穿过复杂崎岖的巷道来看我。躺在她的膝盖上，在她只有我熟悉的气息中，我注视着她时而静止时而开合的嘴唇。她还时不时低下头，在我怀着巨大的期待，等待着不可思议的事发生时，她却只轻轻吻了吻我的鼻头。她的脸朝我俯下来的时候，眼睛是对起来的。

一个月前我挨的那顿揍真冤枉。整整五天我都裹着下巴——就好像我给某些人找了事，还不当回事似的——把贝伊奥卢街[1]上的裁缝店转了个遍。记得当时街道处于沉睡中，而他们把我撂倒的地方离路灯并不远。虽然只记得其中一个长着黑胡子，我还是努力寻找着跟他们有关的其他记忆线索。谁都不理解我为什么这么做，甚至连萨德克也不理解。“就算你找到了又怎样？”他说。“哼，我要告诉他们，”我说，“他们打错人了。我对他们中的第三个人要做什么根本不在乎（第三个人当时说：“——不行，我要回家。”），我要告诉他我在那儿停留只不过是有点儿好奇，我要对那两个裁缝说……”“——为啥是裁缝？”“——我也不知道，我要对那两个裁缝说，他们打我是不对的。”“——然后呢？”“——结果要看到时候的情况。”萨德克摇摇头，笑了。他不明白我为什么非得找到他们。五天后我脸上的伤痊愈了，绷带拆了，我放弃了对他们的找寻。

然后就是，我吻了那个希腊姑娘。靠近哈尔比耶[2]街

① 贝伊奥卢街（Beyoğlu），伊斯坦布尔欧洲部分塔克西姆中心广场所在的街区。

② 哈尔比耶（Harbiye），伊斯坦布尔欧洲部分塔克西姆中心广场边的街区。

的街道中间行人稀疏。两个姑娘，手挽着手，笑嘻嘻地走过来。她们经过我身旁时，我抓住靠近我这边的那个姑娘，亲了下去。她的脸冰凉。她们叫骂了起来。另一个姑娘嚷道：

——浑蛋，肮脏的醉鬼。

我笑着抬起头，心里既痛快又满足。她们走了。你们可真够古板啊，什么事都非得找个陈腔滥调的理由才舒坦。我可没醉，晚饭时不过喝了一杯葡萄酒罢了。再说了，我又不是为了让她闻我的酒味才亲她的。点上一根烟，我开始向前走。

街道上热了起来。我把外套脱了，脑子里那个驱使我又跑到这条街上的念头挥之不去。被我亲了一下的姑娘当时什么也没说呢。难道她就是“她”吗？她走的时候，我怎么没追上去呢？要是我把另一个姑娘赶走，转身同她说话的话，她会说“不用开口，我知道是你”的。这个臆想让我整整一周的晚饭都是在同一家饭馆吃的。最后一晚看到的那个女人身上有些什么东西是与周围格格不入的。不是属于食客的东西，也不是穿着之类的东西。她离开的时候，服务员把我的米饭端了上来。我没有随后离开，以后我会的。女人离开后，一种模糊的醒悟让我难过起来：没有什么以后了。“她”不会来了。今晚也没有来。也许“她”比我早一周就见过服务员的表情了。

坐在长椅上，我打开收音机。本想听听钢琴曲的，但是没有。好像全世界都忙着说话、跳舞、上剧院去了。

从这个盒子里我找不到一个弹钢琴曲给我听的人。孤独的我。关上收音机，我站起身来。墙上挂着的那幅《下午茶》在人造灯灯光的映照下更加支离破碎，惹人心烦。桌子上有个烟灰缸，也招人讨厌。是谁把它放到书前边的？跟回来时一样，我翻过窗户跳到街上。窗户应该是关着的，玻璃碎了。正对面公寓有一幅窗帘拉开了，一个女人不动声色地看了看街上。难道是“她”？窗帘又拉上了。难道什么事都是在我不在的时候，我不在的地方才发生的吗？

2

是这首希腊歌曲吵醒了他，还是他醒来以后听到了歌曲，他也搞不清楚。唱歌的人是腊肉店师傅的“老婆”。楼上人家的女佣艾兰妮还没嫁人，但在他看来，她就是腊肉店师傅的老婆。她只是偶尔下来扫扫地，每个月就能拿上三十里拉呢。两三年以后，把婚结了，再开一家小小的熟食店。艾兰妮讲起这些来，总是两眼放光。可是他听着的时候，却总是暗地里同情着将来要坐在熟食店里的男人：那满身的大蒜味。男人或许没有感觉，可是他讨厌腊肉。

他不想下床，不想离开被身体暖热的被窝。要是他起身走到房间唯一的一扇窗户那里拉窗帘的话，他就会看见多年的记忆里存在的浴室布满小孔的隔壁公寓的抹灰墙——那间公寓也是他的财产，应该说是他爸爸留下的财产。想看天空的话，他得探出身子把脸贴到窗玻璃上去才行。在许多个没有雨滴的早上，这一小块天空误导了他的天气预测好多次。

他向左边转过头。墙壁中间挂着凯玛尔的画作《裸体》，昏暗中显得隐隐约约的……外面那个容易被脱光衣服的女人一瞬间由低转高的声音，唱出了与她的扫地声相和谐的歌曲。女人还没有被推倒在床上，这令他感到惊讶。有一天女人曾说，楼上的律师只要一有机会就会从后面摸她。但是他从来没有，也不打算脱光这个女人的衣服。他曲起右腿，挠了挠膝盖。他害怕自己会变得像父亲一样。年幼的时候，他们的旧房子里经常更换女佣。有时夜晚传出断断续续的呻吟声、低语声、长榻的嘎吱声，他都听得见。有一天他在厨房看见了父亲：身体像是要爆裂似的紧绷着，弯着腰，从背后包裹着女人的臀部。他手里的杯子掉在地上，他们才直起身来。两人看上去十分可怕的样子。父亲走过来，给了他一个耳光。那时他十岁，已知道男女之间的事情了。很久以前开始，也许是因为阿姨的缘故，他总是讨厌着父亲。

房间门口响起了敲门声。他从床上坐了起来。

——进来吧。他说。

艾兰妮站在门口。

——我的活儿干完了，只剩这里还没收拾。

——今天这里不用收拾了，还是干净的。要是没有别的事，你可以走了。

——这儿怎么这么黑啊？我把窗帘拉开吧，如果您需要的话。

他点了点头。她走过去把窗帘拉开，在光线下停留了片刻。“你的面孔可真美。我的脸肯定糟透了：一副睡相，还肿了。”

——靠街的房间玻璃碎了。要我今天叫人安装吗？

——好。把我那个大衣给我。他说。艾兰妮拿来了他的大衣。

——装玻璃得多少钱？

——我不知道。六七里拉吧，差不多。

他从里面的口袋掏出十里拉，递给她。

多余的你留着吧，他说。“熟食店一斤肉肠的钱。”递给女人钱的时候，他没有看她的脸，却看到了她的手。属于一个鲜活而健谈的女人的手。

先是房间的门关上了，然后是最外边的门。他穿上拖鞋，走过去把窗户打开。很冷。他探出身子看了看天空，铅灰色，今天应该会下雨。他穿上大衣走进厕所。“差劲的作家不准进入的禁区。昨天我扔掉的那本书叫什么名字来着？！男主人公早上起了床，洗把脸，到公园里去坐，然后吃饭，和情人逛街，晚上才回家睡觉。一整天居然都没有撒尿？真不可信。在公园的时候肯定想尿尿了，找了棵大树，躲在粗粗的树干后，看附近没有人来，就在树根那儿把尿撒了吧。”从厕所出来以后，他剃须洗脸，穿上衣服，出门了。

他在倪裳榻舍坐上轻轨来到玛驰卡，下车的时候脚滑了一下。[①]夜间潮湿的石头结了冰，很滑。沿着街坡往下走，他落地的脚一步一抠，紧踩地面。卖芝麻面圈的小贩从他身边经过，头顶着芝麻面圈的招牌；他叫住了小贩，买了一个芝麻面圈。一个女人在家门前织着基

① 倪裳榻舍（Nişantaşı），伊斯坦布尔欧洲部分中心时尚精品街区，隶属希什利区（Şişli），紧邻贝伊奥路。玛驰卡（Maçka），伊斯坦布尔欧洲部分中心街区，隶属贝西克塔斯区 (Beşiktaş Semt)，紧邻倪裳榻舍。

里姆花毯。他经过时，顿了顿，继续往前走。“美丽的女人，可是脸色阴沉。我们总是要么吊着个脸，要么苦着个脸的样子。”嚼着芝麻面圈，他继续往前走。零星的路人都回过头来盯着他看。“衣着整齐的一个男人在大街上吃芝麻面圈是禁止的。不过，和所有的禁令一样，这一条也有对策吧？比如把芝麻面圈弄断，塞进口袋。然后一只手伸进去，揪一块下来，一看没有人注意，就塞进嘴里。可是，我的牙齿还结实着呢，干吗不自己嚼着吃。”

当他走过水果铺，走进街道口开着的门时，芝麻面圈吃完了。他点燃一支烟，爬上了前两个楼层。最后一个楼层只有一扇门。他打开门，停住了脚步。在这间明亮的大房间里，手拿调色板，排列在木头案板上作画的人们纷纷转过头来看他。“噢！”的声音响了起来。随之扑面而来的是那个气味……他刚刚无意识地上街游荡以来一直想要闻到的原来就是这个气味啊，他明白过来。这油彩、亚麻子油的气味啊……

——赶紧进来啊，你会冻死我们的。萨德克说。

他在门口停留得太久了吗？他走进来，关上门。

——各位好啊。他说。

——你好。

房间里除了萨德克以外，还有两个女孩和八个男孩。

萨德克收学徒工一般不会超过十个。他只收自己喜欢的。

——早上我们还在聊你呢，萨德克说，差不多五天过去了，你还没露面。是不是逮着那些揍你的裁缝了，这些天都在揍他们出气呢？还是撞车啦，被害啦？最担心你的是萨米，不是怕你命没了，是怕他的画像留个半截画不完。我跟你说哦，最后我们可是在最不可能的可能性上达成一致啦：你找了个活儿开始工作了。

——没错。咱们就信这个真理一回吧："艺术家的直觉，万无一失。"

大家不约而同地笑了起来，不由自主地纷纷应道：

——谎言。

——哦，兄弟，不可能。

——我敢用全部的画刷打赌……

——说反话呢吧。

他拉出一把椅子，放到窗前他常坐的位置上，坐了下来。

他说，不是什么反话。四天前我在一个街道方向牌上看到那条街的名字是"两个孤儿街"，当时我就给自己定了一个活儿：我要收集街道的名字来研究研究。证据就在这儿呢。（他用手砰砰地拍了拍装着笔记本的口袋）。这活儿我已经干了三天了，昨天下午才停下来。不管我去哪条街，身后总跟着那个垂着肩膀的男人。现在呢，我又开始游荡了。(他看着自己的鞋子，大家都没有吭声。)你们可能路过“两个孤儿街”过,但是也许没注意。那条街上的房子大部分都是新盖的或者是看着挺新的两层楼。卓别林的短片《安乐街》里面的一个街头。要我说，这条街该叫“循规蹈矩”街，除了惹得邻居快失去耐心之外就没别的事干的人才住在那儿哪。街名吗……那两个孤儿是谁啊？他俩做了什么，让人用这个街名来纪念？他俩的人生是怎么过的呢？那天晚上我没喝酒，但是在电线杆上靠过。从南边进那条街，需要找个电线杆靠一下的话，就找那第三根来靠。个子跟我差不多的话，抬眼就可以看到一个用刀刻的“唉”字，一声叹息。我没看见就好了；只希望这个字是一个孤独的男人，有幸抒发对住在对面、长指甲姑娘的思念而刻下的。“她”怎么还没有厌倦那些循规蹈矩的人？不过，我还是花了半个多小时盯着透出灯光的所有窗帘看了一遍，我没看见任何人。这三天，我还看到了许多别的街道。有一条叫作“狮子床街”[①]，巷子蜿蜒曲折。是因为从前有人在街角置放了一头真狮子，全城的人都跑来看狮子呢，还

① 狮子床街，隐喻“精英街”，土耳其俗语中有一句：Aslan yattığı yerden belli olur。是不是狮子，从它睡觉的地方就看得出来。

是说街区里爱自夸的一个住户起了这个名？哎，那个走到头也看不到一棵柏树的街居然叫“柏树丛之街”：沥青路，一座座混凝土建筑，车流滚滚，快步疾走的人群……这条街要是种着柏树的话，行人仍会这样走路吗？（没有人回答他的问题。他左耳耳垂发痒了。）你们谁去给那条“两个孤儿街”作幅画吧！把街道、电线杆上的“唉”字，还有那两个孤儿的故事描绘给我们的人难道不应该是你们吗？可是，你们走不出这里。你们害怕。冷天也好，热天也好，只要在街道上架上画架，你们就怕别人会嘲笑你们。但是其实只要你们迈出第一步，就会习惯一切；某一天会有个淘气的小男孩好奇地看你们画的画，别的人谁也不会注意到你们的。别害怕……

——难道你不害怕那个低垂着肩膀的男人吗？奈吉米笑着问道。

——我不一样。

——我也不一样。（这是法特玛说的。）

——没错，我们都不同凡响。我们的脚踩着的每个地方都是世界的中心。所有的事情都围绕我们发生……

萨德克用画刷敲了敲画板。

——好了，贫嘴够了吧，他说，你也别刮胡子了，让大家干活吧。

大家都回到了画板前。萨米带来了自己的画板，放在自己旁边，取出画布，换了一块。

——偶尔也得从我这儿看看画吧，老兄。他说。

他正在观察对面窗户里的夫妻，听到这话回过头来。“我当然会看你作画的，等你扬起眉毛，像要吹口哨似的噘起嘴……那时你只要抬起双眼，我们就会对视上。我知道你的眼睛是蓝色的。”三个星期以前，他脸上的纱布拆除的那天，萨米提出来给他画肖像画。“——行得通吗？我什么时候能来不一定。而且要一动不动地坐着，我可做不到。我会动来动去的。”“——你可以动啊，老兄，我们又不是要照相。”萨德克也同意了，于是他们当天就开始了合作。在这里一直待到中午；午休时间换到另一个工作室。最近五天都没来了。这句是真的吗？这句没讲全：五天了，阿伊榭都没来。

他的耳垂又发痒了。总是在这儿耳垂会发痒。萨德克在画板之间巡视，和画画的学徒低声耳语，不时有人咳嗽一声，或者有人把煤抛入炉。塞尔玛有时会调调嗓子要唱歌剧似的打趣地说：“——听着，斯卡拉剧院的歌星来啦。”说着站起身来，脱掉大衣，然后又坐下来。他很想知道肖像画画得怎么样了，可是萨米没画完是不会给他看的。他们开始合作的第二天，萨德克曾经跑到萨米的画架旁停留了一下，当时萨米的脸色立刻就沉了下来，于是他就对萨德克说："——随他想怎么样吧，让他按自己的想法画这画儿。你要指手画脚的话，改天呗。"萨德克笑了笑，退开了，此后再也没靠近过。可是他知道，有一天萨德克还会来到他身边，而且会说："你总说这间屋子是个水果铺，我也总不乐意你这么说，可是原来你这么说是有道理的。那天我问了医生了，这房子原来是你爷爷盖的，以前就是贝西克塔斯[①]市场的水果铺子。"而他也会又一次怀疑萨德克和他的友谊，"是因为我时不时地从他那儿买画，他才……"他心里会这样暗想。

他看了看手表，快十二点了。那夫妻俩仍在窗户里面，没动。"那妻子脑子里想着什么我知道。可是不关我的事，我又不喜欢她。"他一边暗想道，一边转过头来，先是看到了萨米的眼睛，随后看到了屋里的其他人。一两年后，这些学徒都会离开，这儿会来些新人。会有另外一个蓝眼睛的年轻人来为他作画。不变的只有萨德克，还有对面房子里的夫妻俩，那妻子总是注视着街道。他的心里忽然被一种错过了什么的感觉充盈。他已经二十八岁了，他觉得很不安。他站了起来，朝着挂着他的大衣的角落

① 贝西克塔斯（Beşiktaş），伊斯坦布尔欧洲部分的中心区，与贝伊奥路区相邻。

走过去。萨米随后也走过来。

——去哪儿，老兄？

——哪儿也不去。我要走了。

——午饭去我们家吃怎么样？我妈妈……

——去不了了。有人在等我。（他说的是谎话。）

这儿有他不认识的人，进门的时候曾说："——别客气，不用脱鞋了。"说说而已，要是真的不脱鞋就会不高兴。他记起了这客气的虚伪……他把大衣穿上了。

——走了，谢了啊！他说着走了出去，迅速下了楼梯。来到街上，看了看，没有错过什么。一切都跟往常一样：发动机的噪声，上翘的衣领，快步走的、冷漠的人们。他一直走到阿卡莱特莱尔站。上电车的时候，胫骨碰上了台阶。他疼坏了，但并不介意。他在一个颈背宽厚的男人后面找了个空座位坐下来。他想起了萨米。"要是不去多想我们没脱下来的鞋子，客套话之类的，我去萨米家的话，会认识什么人呢？"

（他要是去萨米家的话，他就会和 B. 相识了，但他错过了这个机会。而谁又可以预见第二次机会的到来是如此迅速呢？但它来了。电车经停道尔玛巴赫切[1]站的时

① 道尔玛巴赫切（Dolmabahçe），伊斯坦布尔新皇宫名，位于贝西克塔斯区的海峡岸边。

候，两辆电车并列停了下来。他要是朝左边扭一下头的话，就能看到“她”了：B.的脸当时正好在他旁边。可是他当时的注意力在前面那个男人耳后的污垢上。这污垢的形状极度地吸引了他。最后他得出结论：类似马蒂斯的画风造型。他这才放松下来。）

他在卡拉柯伊[①]站下车，吃了饭。从餐馆出来时，看了看天空：多云。是雨滴还是雪花，欲落未落的样子。他本想步行去电影院的。他还是走着去了。他爬上高高的人行道，走到有轨电车车门口的时候，一个街角有书店，另一个街角有杂货店的整条街映入他的视线。一转身走进去，周围的噪声就消失了。他停下了脚步，朝着右前方的一个建筑上有落地玻璃窗的最高层望去。窗帘是拉开的。“‘她’在那儿！”随后他为自己脑中的臆想感到惭愧。他往回走离开这条街的时候，把大衣的衣领竖了起来，把双手插入口袋，走进人群。

走进电影院的时候，身上已经有点儿淋湿了。他先去了趟厕所，出来后，抽了一根烟。影厅里不是很拥挤。他脱掉大衣，在中间位置的一个座位上坐了下来。来看电影的大多数是女人，可能还有能闲逛两小时的、逃学

---

① 卡拉柯伊（Karaköy），隶属于贝伊奥路区，位于海峡岸边，是伊斯坦布尔最古老的港口和金融中心之一。

的……“这些人里怎么说也有几个是值得喜欢的吧？难道是因为我吃饱了，所以变得乐观起来了？”开演时间快到了，影厅里的空位所剩无几。一个女人来到他旁边的座位上。女人的脸上似乎除了深色的樱桃嘴和罗马雕塑般的鼻子之外，就什么都没有了。深色的樱桃嘴动了动：

——有人坐吗，先生？

他把放在旁边座位上的大衣拿起来放入怀中。女人坐了下来。皮包上的手指修长，有长长的指甲。过了一会儿，灯熄了，女人的身体直朝着旁边座位上靠了过来。这么快的动作让他好像真的被占了座位似的不舒服，心里的怒火一下子膨胀了起来。“嘿，该死。我要不要揍她的脑袋？”他努力克制住了自己。他心里的怒火很复杂，混合着失望和对别人的怨恨。期待着可以喜欢的人就是这种货色吗？银幕上放映着世界新闻。再在这个“女人”的身边待下去，他会什么也看不进去的。他站了起来。走出那排座位的时候，踩上了一个人的脚。被踩的男人一声没吭。要是男人叫出“——哎哟！”什么的，他肯定会打破男人的头。他走出去，在前边一个空位上坐下来。他转身挑衅地去看身后有没有人在黑暗中明着暗着做什么动作。可是谁也没有注意到他。

两小时后，他已融入了人流之中，好像从电影院出来走入狭窄街道的是另外一个人似的。他在考虑：“我们这个时代生活着一个许多世纪以来不为人知的、寿命短暂的生物。他是从电影院里走出来的一个人，观看的电影中有什么东西影响了他。他不是仅为自我利益着想的人。他与人们和平相处，人们寄希望于他干大事。可惜，五分钟或十分钟后他就死了。满大街都是走不出电影院的人：面容阴沉的人，冷漠的人，鬼鬼祟祟地走着，把这个人拉到他们之间，让他消融。”他看了看表，还有五分钟四点半。“我回家去看书吧。”他向车站走去。“我知道解救这些人的办法了。必须建造超级大型电影院。有一天必须让世界上生活着的所有人都进电影院去，让他们看一场好电影，让他们同时涌上街道……”他冲着自己脑子里的念头笑了起来。车站上的人们回头看他，其中一个女人皱起了眉头。没有人不知道在大街上自个儿笑出声来是离经叛道的。“什么人嘛。我笑了就是笑了，关你们什么事？”他在车站待不下去，便走开了。先不回家了。他心里的那个“从电影院走出来的人”被他们杀死了。活着的人满怀烦恼和愤怒。一言一行怎么就总得规规矩矩的呢？是谁说的？别人以为他回家了，他偏要去酒馆喝酒。他从没有铁刺的地方横穿到马路对面，车流被迫暂停了一会儿。一个司机叫骂起来，他没有听见。

走进酒馆的时候，店家把灯打开了。锌做的吧台很干净，吧台前整齐地摆放着一排三条腿的高脚椅，他是走进这家小酒馆的第一个顾客。酒吧后部只有一张桌子。他坐到了吧台前靠墙的位子上。对面的架子上一层一层地摆放着酒瓶。酒保习惯性地随手把并不湿的吧台擦了擦，靠近他。

——您要点什么？

——卡瓦克里黛莱[①]，冰的。

——开胃菜？

——随便来点儿，再来点儿海贝米饭。

酒保去准备了，他对着墙上的洞说起话来。墙上的洞和体育馆售票处的那些窗口一样。洞的另一边会是什么人呢？是一个女人吗？还是把脏兮兮的围兜抓在手里的男孩？这一整晚他们又会做些什么呢？“我可真够好奇的嘛！”

第一杯酒他一口就干掉了，他口渴。心里好像温和了些。他把大衣脱了，点了根烟。现在他可以打量一下周围了，但他也只是看着老板而已：年纪不老。老板正在给两个刚来的顾客递酒。鼻子上好像被什么东西砸上

① 卡瓦克里黛莱（Kavaklıdere），土耳其当地的葡萄酒品牌。

去过，疤痕就那么留着。不一会儿，酒吧就会客满的；有人会喝着喝着发发酒疯，有人会絮絮叨叨地向他发泄自己的烦恼。要走吗？他对这个老板感到同情。都是些多无聊的工作啊！

——嘿。有人从后面跟他打招呼。他回头一瞥，是演员。

——你来了。来这边坐。

演员走过来坐到他旁边的椅子上。他并不太喜欢演员，话特别多，可是今晚，就让他敞开了说吧。他又要了一瓶酒。

——今晚没有演出？他问。

——有演出，今天我休息。

演员掏出一根烟，俯身从他的烟头点了个火。

——来这儿前，我看到你的画家女朋友了。他说。

——别提了。

——发生了什么事？

——我们分手了。

——为什么？

——没什么。我在路上看到她跟别的男人在一起。看到我一下子脸红了，别提了。其实她要是坦白跟我说，她有别人了，我还会为她高兴的。

——虚伪。

他生气了，居然不相信他的话。演员举起酒杯。

——大旱过后逢雨露。他说。俩人把酒喝了。

酒馆已经客满，一个空位都没有了，每个人都喊叫着说话。他盯着柜台洞眼看。服务员弓着身子大呼小叫。

——别管什么洞眼后面了，看着我，我是个败家子。他说。

——瞎扯。

为什么一开始他没敢说出这句话来呢？“所有人都是失意者，寄望于从酒中找到得意。”他们用手剥虾吃。

——你又没工作，从哪儿弄到这么多钱的？

——我偷的。

服务员把喝空的瓶子换成装满酒的。他想起了走出电影院时脑海里的东西。

——今天我找到了拯救人类的办法。

这时有人打开了收音机，传出刺耳的女声。“……是吗，什么办法？”演员问。

酒馆里响起嘎嘎大笑声。所有喝酒的人都回头看，大家都在笑。

——嘿，兄弟，这闹腾劲儿一过，你给我们找个有人弹钢琴的地方。他对服务员说。

——稍等。

——“这是催眠曲吗？会让人睡着的。”

演员继续说：

——是什么啊，你的办法？

——什么办法，女人寻觅的，用来钓个老土豪的办法？

他们这会儿已经变得很轻易就能笑起来了。随后钢琴声响了起来。他突然间发现自己在阿伊榭的画室里。这首曲子叫什么来着？《热情奏鸣曲》。他们总是先把画室的门锁上。在唱片机里依次把唱片排好，第一个音符响起的时候，他们已经在长榻上一起躺下了。她把他的头拥入怀中。而每次他锁门的时候，她都会脸红。墙壁是灰色的，挂着淡蓝色的画。七月是黄色，五月棕绿色……阿伊榭从不画人物画。她常说：“人内心的每一种感情都代表一种色彩。”瞳孔里有种黯淡的渴求，黑色的……他抚摸她的头发时，她会抓住他手亲吻。然后，他想到了《骏马》画作里她给马头上的颜色。大片的灰色，泛着红色的斑点……

——把收音机关掉，吵死了！有个人吼了一声。声音小了。没有人在意。现在，他听到了演员的声音：

——“屋顶的瓦片得有一个是有裂缝的，要不积水怎么流动呢”这句台词说完后，我该吻她了。我吻她的嘴唇时，咬了一口。表演结束后，“卑鄙，”她骂我说，“你要再这样，我就告诉导演。”我是故意咬那个贱人的。她老是霸占着舞台的中心。而我，背对着观众，张开上臂向上仰。屋顶的瓦片得有一个是有裂缝的，要不积水怎么流动呢，我的台词。什么狗屎句子，是吧？她知道我要使坏。嘴唇颤抖起来。她的唇，你知道的，厚厚的，涂着口红。

——如果她告诉观众呢？

演员笑了起来。

——不会的，她可是明星，她连导演也不会告诉的。

——哈姆雷特，你这个狗杂种，狗杂种。

——别在意，奥赛罗。演员说。

——别叫我奥赛罗。

——你难道不是？

——别提那个蠢货了。

有人在叫吧台后的酒保：

——把酒都倒满了，兄弟。你叫什么名字？

——麦吉特。酒保转身时应道。

——哈姆雷特，你听到那家伙的名字了吗？

——别叫我哈姆雷特。

——好，好，哈姆雷特。

演员举起双臂喊道：

——我要把你从内心的牢笼里释放出来！

所有喝醉的人都回头看过来。他们看不出来演员是在演戏，还以为会打起来，大家的眼睛都在欢呼。

——这句又是哪个狗屎剧里的台词？

——忘了，演员说，他是叫麦吉特吗？

他们发疯似的狂笑起来。酒馆里的其他人蔫蔫的，现在没人注意他们。酒保的名字娱乐了他们，要不然他们不会喝那么多酒。

——麦吉特，把这些杯子都倒满。他们不断地说。

钢琴声早已安静下来，来喝酒的也大都走了。演员把刚才的故事又讲了一遍。

——今晚代替你亲她的是另一个人喽。

——闭嘴，演员说，我太想把那个贱人给上了！……

演员举起酒杯。

——为世界上所有贱人的健康干杯。他说。但是没喝成。演员的脸变得苍白，滑下椅子。

他们把演员送到了他在帕尔马可卡波[①]的暂住屋。要是没有司机帮忙，他是拖不动演员的。演员瘫倒的样子，

① 帕尔马可卡波（Parmakkapı），贝伊奥路区一条街。

像一摊烂泥。然后，他让出租车停在了自己家门前。他觉得路程太短了。他把钱给司机。“我应该多给你一些，比你希望的多。什么也别说了，我不想听到任何一个拒绝的字眼。”爬楼梯的时候，他头晕，于是抓住扶手。大门白天晚上都是开着的。他在自己家门口怎么也没能把钥匙插进去。缺口的那面应该是朝上还是应该朝下呢，他好像忘了。骂骂咧咧地，最后总算把门打开了。他朝厕所走过去。地板的图案在他的脚底若隐若现。“洗个脸吧。”他朝水龙头倾过身去；没站稳。他又重又直地冲着敞开的厕所门摔倒在地上。

……然后他看到自己坐在剧场里。舞台传出汩汩的流水声。所有的瓦片都有裂缝吗？这臭味是从哪儿来的？他朝身后看了看：门冲着下水道敞开着。也没人去关。周围一个女人都没有，全是男人。他们都剃了须，脸上好像涂了明矾似的，表情平板，穿着黑衣服，眼睛都盯着舞台。台上站着一个女孩。背朝观众的是他的演员朋友，对吧？流血了呀。苏醒过来了。向女孩靠近。还要咬女孩吗？女演员把他推开，走到舞台前。深红色的妆容，哭泣着。奇怪的是流淌的泪水并没有刷洗掉她脸上的妆。“你们看，这家伙每天晚上都在咬我。”她说。现在大家站起来要去揍演员了。女孩惊讶得愣住了。没有人动。那些平板着的脸起了皱，他们笑了起来。他心里生出一种不可名状的恐惧。站起身。剧场水泄不通。他怎么才能逃走呢？他踩着一个一个的肩膀向门口跑。大家在喊叫。他冲着几个人挥了拳头。现在，他走进了下水道，臭味越来越浓。他从未想过自己会庆幸这座城市有这么一个下水道。有灯，两边还有很多门，有人在门内外进进出出。穿着白色围裙的一个女人跑到他面前站住了。“哎，”她说，“我还以为是你爸爸来了。我以前是你家的佣人。你跟你爸爸一模一样，只是你没有胡子。”“滚开，我和我爸爸才不像呢。”“你为什么生气？像自己的爸爸是件坏事吗？你爸爸可是个强壮的男人呢。”“滚开。我不要像他。”“你要不要像都没关系，你就是跟他一模一样。看，你是怎么盯着我的大腿看的。”“不，不，闭嘴！”女人笑着。而他心里的怒火翻腾得越来越烈。他冲着女人走过去，可是女人不见了。周围有一些无动于衷的人。他们难道闻不到臭味吗？而他都快被熏死了。啊，冷得要让人冻僵了……

他醒了过来。看到自己的头离下水道很近，他在地上又躺了一会儿，稀里哗啦地狂吐了一阵。站起身来。身上全湿了，浑身发抖。他洗了把脸，漱漱口，喝了点水。稍微清醒了些，可脑子里空空的，头痛。他突然走了几步路，仿佛有件非常重要的事正等着他似的。走进客厅。径直来到窗口。检查了下昨晚打碎的玻璃。已经安装好了……

3

他把身体的重心挪到另一条腿上，感觉稍微舒服点儿了。他在这里站了一小时了，累了。比不了阿伊榭，她习惯于站着。不过，她会在画架前来回走动，而不是像这样死站在一个地方。两天前，对他来说这事儿是很容易的。他当时想："电影更新的那天我来看看哪一部电影有好东西值得看的话，我就站在那个电影院的门口等。不管怎么样她总有一天会来的。"而现在，他已是在强撑了。双脚冰凉，屁股发疼。电影已经开演了，数以百计的人走进影厅。嗯，也许走一走就好了，但他在害怕。万一就这一会儿的工夫她就买上票从另一个门走进影厅了怎么办……售票口前一个人都没有了。最后离开的几个人用奇怪的眼神打量了他一下。"我的表情似乎招人同情。"他看了看表：三点。还要等五个多小时。

"受不了了，我快冻僵了。"眼前的海报上含泪的女子吸引了他的注意。好像等的人答应要来却没来似的，他的心里被愤怒完全笼罩。他走开了。透过巨大的玻璃门看了看候影厅，突然眼睛一亮。他买了一张票走进候影厅，售票口两侧的两扇门都通往这里。如果她来，他怎样都会看见她的。

他坐在一张桌边。经历了外边的寒冷之后，这里显得很温暖。他问服务员要了杯茶。喝着茶，他觉得更加暖和了。候影厅里可以听到电影里低沉的声音。他心里已没有了刚才的愤怒。只是她来了就好，只要她来，告诉他自己是清白的就好。那天在大街上相遇时，她身边的男人是塞利姆。他们是看完画展出来的。他们是不是真的很亲密？其实是不可能的。首先，塞利姆不喜欢灰色；其次塞利姆留着胡子。可是，阿伊榭一看到他，脸色就变了。一副知道自己真的做了什么亏心事，觉得自己犯了错的样子，脸红了。最后阿伊榭左右张望着走了过去。

她几口喝完杯里剩下的茶，点着一根烟，向来收空杯子的服务员又要了杯茶。最糟糕的就是整整一周都没法工作。每天快中午的时候才来画室看看画架，却没有工作的力气，只是躺倒在长榻上。竖起耳朵搜索门外所有的轻微响动，可是只听到自己的血管里血液流动的声音。直到上周为止，她还从来没有这么清晰地听见过自己身体的声响呢。走近门口的脚步声有两次都让她的心脏跳动差点儿停止。一个声音说："真的只是路过的一个朋友”，另一个声音是她的母亲：“——你怎么了，我的女儿？”“——我没事。只是头疼……”难道每个人的经历都和她的相似？最不该抱希望的时刻偏偏倾注最大的希望。

四点以后，候影厅开始变得拥挤。大部分站着，少数人坐着等。头发锃亮，蓄着小胡子的一个年轻人坐到他身边。阿伊榭的眼睛还盯在入口的两扇门上，却仍能感觉到小胡子投射到自己身上的眼神，不由生起气来。“真够挤的。看什么看呢。”影厅的门都打开了，等候的人一窝蜂地推搡着向前涌。一个女人尖叫了一声。刚到的人好像迟到了似的跑起来。后影厅走空了。最后两个女孩也进去了。现在只剩下阿伊榭和小胡子了。“等机会套近乎呢，这家伙。谁都有自个儿的算盘。”开演的铃响时小胡子也起身进去了。还是只剩她一个人了。也不完全是只剩她一个人；还有服务员和撕门票的人呢。她觉得这几个人看她的眼神透着同情，感到烦闷。而她知道她所等的人，断然是不会在意这些的。

她向服务员要了份点心，从大衣口袋里掏出一本杂志，阅读了一会儿。时间好像停滞不前。

六点半进场的人群来了，对她而言男的女的都一样，没有分别。她只是在看从门里进来的人中有没有他而已。

女的她看都不看。心里抱着一线希望。她坐得腰都疼了，轮流看着两扇门。她等的人没来，感觉好像等了很多天似的。她生起气来。她本以为自己可以每天来等直到电影放映季结束为止。“我等不下去了，让他见鬼去吧。再说，就算见到他了，他会相信我吗？”这个决绝的判断让她稍稍清醒了些。但还是难过，却是种甜蜜的难过，不招人厌,沉淀在心里。她站起身,明白他不会来了。“谁知道是不是在哪儿喝酒来着。”（这不是真的。她等的人受冻病倒了，此刻正用纸巾擤鼻子。）

进影厅前，服务员问她要之前她点的东西的钱。服务员很有礼貌，但她还是很不好意思。于是做了件至今从没做过的事：给了一个里拉的小费。

里面很黑。引路的女孩手中昏暗灯光下，从衣服上明显看得出，中间的空位置上坐着两个人，一男一女。女人往后靠时，肩膀碰到左边那男人的肩膀。这部电影似乎是她喜欢的类型。贫寒的青年在高楼大厦间进进出出，在大城市找工作。

左边的男人把手臂按在女人的手臂上。银幕上的年轻人找到了工作，穿得更得体了，和几个人一起在一家企业工作。他们前面有很多盒子。那儿还有一个女孩。不要有女孩吗？如一位作家所说：“没有女人的故事好比饭菜里没有盐一样乏味无聊。”

阿伊榭把手放在座位的扶手上时，意识到这可能成为一种邀请。她没有把手挪开。坐在旁边的男人好像无法抗拒这个邀请似的，畏畏缩缩地伸手握住了她的手。她没有把手抽出来，随他，任他抚摸。一种原始的亲近，爱抚的欲望，这是。她想起了他。他从不会做这样的举动，他总是纠结于自我斗争之中。那天她是没法解释清楚自己的清白的。电影里的年轻人和女孩从公司一起走了出来。在街上边聊边走。随后，年轻人在家门前亲吻了女孩。

旁边的男人，更用力地握着她的手。阿伊榭心里暖暖的，那一刻有一种从前感受过的宁静，可惜没持续多久。她看了看，陌生男人正向她倾过身来。她听到一个还没有变声，尖细而颤抖的声音：

——小姐，散场后我们一起散散步吧？

如果 一只小公鸡开口说话，也就是这嗓音了吧。人怎么就不懂得保持沉默呢？“他懂。什么时候应该沉默，他是懂的。”她心里突然涌起对他不可抑制的爱和思念。那只手在哪儿？她抽了回来。从座位上站起来。她要走了。看不完电影也行。从电影院出来的时候，她打算明天还来等。今晚的日记写些什么？怎么总结今天呢？写“一只公鸡不合时宜的鸣叫”如何？

打开家门的是女佣。

——没人在家？

——他们去看戏了。

吃完晚餐后，她回到房间打开灯。从桌子的抽屉里拿出一个笔记本。这不能称之为日记本，因为她并不是每天都动笔。偶尔她会把一天中经历的或伤心或高兴的情绪，用一种隐秘的过滤器过滤掉模糊和沉淀，让它们获得新生——为了再次体验那些情绪她才会打开这个笔记本。书签弄混了。她就着某一页读了起来：

“整个画展的第一天，人潮的拥挤显而易见，我夹杂其间，看到一个人在一幅描绘绿植的画作前站住，毫无生气的样子，呆立在那里，一副忧虑、悲伤、含泪的模样，就对他感到生气。我正要离开的时候，绿植画作的主人抓着一个我不认识的男人的胳膊，一边说着些什么向我走过来，他的话语淹没在周围的嘈杂声中，我听不见他在说些什么。他刚为我们相互介绍完，我就从他眼中的光芒中意识到他要问我觉得他那幅画怎么样，而我也忍不住正要告诉他画作里黄色没有带来应有的热情反而带来悲伤的时候，正好我们旁边的一群人中有人把画家叫走了，把我从‘又是梵·高？’，‘一百年来色彩意识带来的迂腐’之类的陈腔滥调中拯救了出来。画家临走的时候，我问刚认识的年轻人喜不喜欢那幅画。他说他不懂画，但如果天空的灰色上面不用树叶的绿色遮盖的话，他会喜欢上那幅画的。第一眼看见他，我就认定他是个英俊的富家子，就想拉着他的手让他资助我，好不容易才克制住自己。我对他说灰色是我喜欢的颜色，如果他愿意，我带他去看对面墙上我自己画的画。我们穿过人群。他长久地端详着我的画。

——这画很好，他说，出售吗？

我告诉他画是出售的，但我不收他的钱，对于跟我在色彩上有相同喜好的人，我很乐意赠送这样一份礼物。这一次，他看了我很长一段时间，带着一种怀疑的目光。我立刻又说我的画室有更多的画作，如果想看，哪天可以来找我。他在自己随身带的小记事本上记下了我的画室的地址，告诉我说对我的画作很感兴趣，改天会来找我，不过他有一个‘坏’习惯；对于第二次见面的人从来不会称呼“您”。然后就离开了。”

……

“……他把我的调色板拿在手里，告诉我说，一个画家的个性最直接地体现在调色板上，他对我已经调好的色彩以及我想要调出的色彩很好奇，他还说喜欢我这片苍白天空的颜色，表达出了阴暗天气仅仅会短暂持续的意味。

随后就咯咯地笑了。

——你看，我就是滥竽充数而已。那我就先走了，你可能想继续自己的工作吧……他说。

我告诉他如果他不走，我会很高兴；在他的陪伴下我也可以继续工作；而且我们还可以用唱片机听钢琴曲。他的脸泛起了喜悦的光芒。

——真的！我喜欢钢琴。他说。

他坐在长榻上。我在唱片机上排好巴赫的曲子后，开始给天空上碧绿的颜色。他不停地抽烟。唱片放完了我们就从头再放。他把乐曲称为旋律。‘旋律’这个字眼让我很是喜欢。我在画架前，他在长榻上，有长时间我们都没有说话。我的画完成了。黄昏时分我们出了门，在街上告别。我走回家。我不知道他去了哪儿。不过明天他还会来的。”

……

“……昨天他问我要给我画的画起什么名字。我添加的画名是：《下午茶》。他吹着口哨，大笑起来。

——我想买下这幅画。他说。

——这画是非卖品。我说。

我站了起来，用一张旧报纸裹住画。

——本来要送您画展上那幅画的，现在把这幅送给您吧。走的时候，您带走好了。

——现在不用我离开吧？

——我也不知道。如果您愿意就继续留在这儿吧。

他留了下来。”

……

“……很长一段时间，我作画，他在我身后注视着我。然后他把下巴搭在了我的肩膀上。我颤了一下，好像更专心了。我听得到他的呼吸，对于即将发生的事情我半了解半迷糊地期待着。我放下调色板和画刷。突然间，他扳过我的身子，开始吻我。哈鲁克去巴黎以后就没有人吻过我了。我把哈鲁克驱出自己的脑海，抱住他。”

……

“早餐的时候父亲提起昨晚我的晚归。父亲脸色严峻，但很明显他并不在意。他的心思在别的地方。我的母亲也是。

——是个画家吗？母亲问。

——不是，是个游荡者。他是这么说的。

（昨晚在餐馆喝啤酒的时候我问过。“——我是个游荡者，他回答道，我有钱，而且我没有什么可做的工作。”之后在返回的路上我头晕。我们在门的角落相互亲吻。“明天带我回你家。”我说。“——不行，一个一旦踏进我家的人，就再也不能出来了。你相信自己吗？”“——我不知道。”）

——那他是怎么谋生的呢?

——他有收入。

——哪天把他带来，认识一下吧。我的母亲说。

父亲的脸色变了。他不喜欢失业的人。烤面包上来了。

……

"光头男人站起来离开了。那男人就在远处那张桌子上用含情脉脉的眼神看着我，让我郁闷极了。现在餐馆的气氛完全不同了。我把双脚伸到面前这个男人的身边。他的眼神从烟灰缸上离开，看着我。甜蜜，温暖的一种眼神。

——你想什么了？我说。

——想什么了？很多东西。

——我妈妈说……

——别提你妈你爸了，他抓住我的手说，你是一个谁都没有的孤单女孩。

为什么他这么说？我没问。我没敢。"

……

她抬起头。不用继续读下去了。她知道后来的内容：长榻上的舒展，唱片的旋律，脸上裹着绷带来的那天，他提到了那几个裁缝，"绷带拆掉之前你不用等我来了"，随后就走了，五天后绷带拆掉后他来了，她吻他下巴左边那一点红斑时感到的空虚疲倦再次袭来。她拿起笔。在字迹尾页的空白页首写下日期。在日期下面记下“公鸡不合时宜的鸣叫”，就把笔记本合上了。

4

从刚才到现在，律师的声音带着颤抖的尊重，律师报告数据都没能破坏他的喜悦。租金、银行的年终报表、一连串的数字……律师正在给他做年度账目汇报。艾兰妮说律师要来的时候，他本觉得郁闷，不过现在他已经能享受到乐趣了。背后靠着枕头，腿上盖着毛毯，躺在长榻上。这可是生病的福利。律师坐在另一个沙发上，给他读着自己面前文本上的东西。这个男人也许在欺骗他。五个十个里拉的租金差价，诸如此类复杂的进项、开支，再加上点儿精密的算计，那可就是长期退休金之外的额外收入了。而这个家伙要是有那个叫作良心的东西的话，这个家伙——奇怪，他把律师的名字给忘了——不管怎么样吧，这个男人；且不说这事儿了。所有的小动作，钱的损失什么的，相比起他不用折腾这些琐事的轻松感而言，都是微不足道的。

知道了这个头发花白，人到中年，大鼻子的男人占艾兰妮便宜的事，增加了他的快感。他在脑子里已经在描绘“哦，亲爱的”，“别这样，花心鬼”这样的对白了。第三个证人娇嫩迷人的妻子……律师在跟他确认的时候他正险些要放声大笑；好不容易才克制住自己。

——您已经听完了我们的协议内容。(我们听完什么了？）如您所见，同去年持平。请在此处签名。

他签了名。这意味着：律师将代他收取租金，作为报酬律师免费与他同住一层楼。律师把文件放入自己的公文包中。

——新年夜我们要举办一个小聚会。有几个熟人家庭会参加。您也来的话,我们会很高兴。也有年轻人哦(他眨了眨眼)，您会找到乐趣的。

“噢，噢！情景剧里的角色越来越多。我的脑袋解决不了这一团乱麻了。”我告诉他此前已经答应了别人所以参加不了他们的聚会。

律师走了，他点燃一支烟。心里巨大的喜悦并不仅仅是因为腊肉师傅和律师的情敌关系（用这种三角关系来看待这个知识丰富的人，更让他觉得滑稽)。这也许是再次恢复健康的快乐感。他已躺了整整三天了。第一天他对整个世界感到厌恶，感受到身体的抱怨。不舒服的每个地方，不停地喊叫：“我们在这里。”人生病的时候，更能清楚地感受自己肉体的意识。也许是社会里形成的疾病意识。夜晚梦境深沉，他梦到留着指甲却没涂指甲油的一只手，阿伊榭的手，抚摸着他的头发，就惊醒过来。

昨天早上艾兰妮打开门一看见他的脸，马上跑去带来了一个医生。他不喜欢就着肉汤喝药，不过今天还不错。下午，律师来之前他甚至已看起书来了。

他把烟头按灭在烟灰缸里，掀开自己身上的毛毯。从长榻上下来的时候他看到了自己的脚趾甲：好像长了。打开灯，他用小剪刀把趾甲剪掉。把趾甲扔到烟灰缸里。他刮了胡子。看到没，是人就有一堆杂七杂八的事儿要做。他其实是想马上就上街的。

穿袜子的时候，他看到了墙上那幅画《下午茶》。“要不把画摘下来？这事儿得做个了结了。还是因感冒让我这么闷闷不乐？得了，赶紧上街，到人群中去，人人都能给我点儿能量。肚子饿了，肉汤喝腻了。”

在街上，他听任冷空气充盈进出肺部，内心感受到强劲的力量。他站在街角看着宽阔的街道。行人、汽车、电车从他面前经过。路灯刚刚亮起，映照爱抚着这座城市。他一直在寻找的就在这里，在这些来来往往的路人之中。也许今晚他就会找到“她”了。他瞬间涌起不可抑制的渴望想吸烟，伸手进口袋掏烟。没有烟盒，忘在家里了。

他冲着从面前经过的男人喊道：

——能不能给根烟，兄弟？

男人直视着他。

——承安拉恩典。他说。

他回过神来。这句话是什么意思？到现在为止，他还从来没有听过这种回答。他快走几步追上男人，拉住男人的胳膊。

——你刚才说的是什么？

——什么也不是。（男人睁大双眼，带着惊恐）我没有烟，我从来不抽。

他松开男人的手臂，男人紧张的肌肉放松下来。也就是说男人不抽烟。看来他还是听懂了。男人走远了。他也朝对面车站的烟草店走过去。买了一包香烟一盒火柴，立刻点了一支，连着吸了四五口，电车来了。上车时他把烟扔了。车里很拥挤，无处可坐。他紧抓着安全把手。随着车子的摇晃，他不时碰触到站在身旁的女人的后臀。他想往后退，可是刚才那一站上车的人让电车挤得毫无缝隙。女人把头扭到旁边，好像表示这不是他的过错。与女人交谈的男人是她丈夫还是弟弟？显而易见，和她关系亲密。在与身边的男人说话的同时，女人的腿碰触着他的膝盖（是 C. 的膝盖），收回，挤压，松开。“在发情呢这母狗。”他心里沉睡了许久的野兽苏醒过来，急切地渴望嗜血。血涌上头。怎么喂饱这欲望呢，花钱去买女人的肉体吗？他想起来了：(走进房间之前，跟他们在一起的是费亚兹。费亚兹总爱讲关于女人的事情，还有他自己。那好像是一个星期天的中午，还是有课的一天他们逃学出来的？他那时是不好意思看女人的。心脏快速地跳动，他害怕被人看出来。他们走进的房间有一张很不错的大床。女人脱光衣服躺上床的速度可真够快的。而他却因为要赤裸身体的想法而羞涩着，缓慢迟疑着脱了衣服。面前背对着他躺着的女人双腿上有坐时留下的红印。小小的疤痕、痘痘……丰硕的臀瞬间没入腰线……他每在外面遇到就在脑海里试图脱光的女人们真实的胴体原来是这样的。“——来吧，快一点儿，亲爱的。”他伏上女人身体的时候看见了她的双眼：充满厌倦，呆滞空洞。肉体意识的表现。然后就是在下面大厅等费亚兹时心里那死寂般的空洞感。)

——车票。售票员说。男人确实因为拥挤而贴近女人，女人也好像把全身重心都放到了双腿上，把自己完全靠在男人身上。他心里的野兽停止叫嚣，但渴望得更多了。他伸出空着的那只手，抚摸女人的臀和腰。女人用胳膊掩藏这只手，没有让它曝光。她声音里带了一丝隐约的呻吟。他心里的野兽很开心。

女人在塔克西姆下车后，挽住身边男人的手臂，走远了。他也跟在他们身后走。过了一会儿，女人转身看了他一眼，那是一种拒人千里的眼神。“见好就收。看见了吧。”他嘟囔着，离开了。他走进主街道，在右边人行道上走。经过通道深远的电影院正对面时，他向左扭过头。斗鸡眼女人不在。他搔了搔左耳。

来到阿迦清真寺前，他看见有个没有戴头巾的姑娘靠在墙上，朝地上吐唾沫。她脸颊苍白。“她要吐了。”姑娘走开了。“我去问问怎么了……”他没去问。他饿了。而且他得先走到隧道去。隧道越来越近，不对，应该说是他熟悉的街道越来越近时，他突然转过身。看着迎面而来的女人们继续往前走。他心里有一股可怕的力量。肚子饿了。今晚想吃肉。吃很多肉。他走进台湃巴舍一家昂贵的餐厅时看到了对面的时钟：六点差十分。

5

休息厅有四把椅子。引领员女孩的手电筒光打在埃尔汗抓满硬币的手上。不停地咀嚼口香糖的女孩让 B. 很不舒服。埃尔汗的手在几个二十五库鲁士还是几个五十库鲁士之间游移，犹豫不决似的。他们把大衣扔在前面的椅子上，坐了下来。

——你冷吗？

——不冷。

他抓住她的手。这只瘦骨嶙峋的手传来的力量让她心里渐渐减少的不满平息了下来。（在外面时埃尔汗提出来看电影时—— 他们本来是要去学院看展览才一起出来的——她因为他没有提前说而不高兴。提前说了她难道就不会跟他来了吗？都一个月了他们还不够了解对方。）她因为自己的心跳而生气。这是第一次来影厅。三天前在一个寒冷而黑暗的地方，他们亲吻了几个小时。直到现在，她还是嘲讽地看着这个厅里的所有人。为什么竟然如此沉浸于自我？为什么不阻止心里的悸动，嘲讽自己？大厅里灯光亮起时，厅里人们的视线不敢环顾四周，面容泛红，不安中带着滑稽……难道自己也会成为他们之中的一个吗？

埃尔汗的左胳膊环住她的肩膀。脸也近在咫尺，放大了。他们的嘴唇贴在一起。他的右手慢慢地从腰间向上挪动，停留在她的胸前。她的耳朵嗡嗡作响。“他要听到我的心跳颤动了。真是荒谬……”这只手反复挤捏乳房的一边。她觉得疼，但还是抚摸着这只瘦骨嶙峋的手。

隐没在黑暗中的观众突然爆发的笑声惊得他们颤了一下。在这座房子里能有人来看电影似乎是不同寻常的一件事。埃尔汗口中说了“外衣”之类的一个词，声音沉闷，她没听明白。他们的嘴唇又黏在了一起。现在或温柔或强硬地吻着她的嘴唇跟在外面用来提议进电影院的是同一个人吗？最近几天她不是在怀疑他的诚意吗？“——凡事自有其规律”，是没错，可是他那微眯的眼神，跟她们在一起时，对古莱尔的偷窥目光……她常说一旦发现结识的男人不是她所寻觅的“他”的话，她就会立刻分手。B. 的内心一角清楚，埃尔汗不是她要找的“他”。“干吗不是‘他’呢？感觉如此美好……”他们的关系始于好感。一个月前，在食堂朗读达拉尔扎[①]的诗作《死亡》的时候，也许是埃尔汗湿润的双眼，打动了 B.，拉近了彼此。“他的手就放在我的双腿上。奈迪姆也老是在裙子下捏我的大腿。难道他就是奈迪姆？有很久了吧。和他接吻也整整一个星期了。嗵嗵……”

伸入她双腿间的手紧绷着，抚摸已无法满足它了，手朝大腿深处探去。女孩后知后觉的本能让她拒绝地夹紧了双腿。她小的时候，母亲看到她抚弄那里时就会用

① 达拉尔扎（Fazıl Hüsnü Dağlarca，1914—2008），土耳其当代诗人。

针刺她的手。可见那里的重要性……“是我们走神了呢，还是本性真我的流露。我也和那些装模作样的女生一样了吗？”正在她自我反省的时候，埃尔汗已拿开了放在她腿上的手。她听到一个气急败坏，愿望没满足，被宠坏的男孩声音：

——怎么，你还是处女？

她先是惊讶。“够了，太过分了……”随后心里涌起毁灭性的、痛苦的震动。她转过身看着他。还是那个英俊的小伙。可是她认不出来了。那些诗歌，书籍中华美的词句饰品被剥离；显露出充斥着原始部落观念的大脑。对这种人来说，最重要的就是女人的第一次。而 B. 想给予他的东西比起初夜来不知要珍贵多少。明天就去找个陌生男人把他们叫作处的东西破了。（嘿，愤怒嘛，你可真有本事，能让人脑子里生出这么荒唐的想法。）她身旁的男人可没有勇气承担破处的责任。她知道，他是个胆小鬼。她因为自己拥抱他，亲吻他，得到快感，而颇感自责。“抹布一样。腻乎乎的恶心……”在这种人眼里所有的女人都一样。为了成功达到目的尝试的步骤大同小异，他们也不会轻易打乱顺序：先抓手，再亲吻，然后抚摸乳房，最后是裙底。“对他而言，我就是一只新来的小白鼠，一只做实验的动物……”她瞬间像掉入冰窖般浑身冰凉。埃尔汗伸出胳膊，想再次拥抱她。他把她坐着的椅子拉近自己。

——放手。她说。

她怎么会在这儿？好像着凉了。头隐隐作痛。她听得到银幕上的对话声，观众的咳嗽声。她站起身来，拿过大衣。

——我要走了。

——可是为什么？这很奇怪。

——管它呢。

——那好吧，我们走吧。

——不，你留下来。我不想和你一起出去。

她知道，他不会留下来，他想跟她一起出去。“让我用这个胆小鬼听得懂的语言来说话吧。”

——我想一个人出去。你要是敢跟着我一起走，我就大声尖叫。

——我随便说的一句话而已……（嘘！到别处去说话去……）一个观众冲着他们说。她穿上大衣，出去的时候，看到埃尔汗半隐没在黑暗中，好像真的很惊讶地坐在原处。B. 把门关上。对面那个引领员女孩仍然在嚼口香糖。用一种廉价妓院皮条客的眼光审视自己，她忍不住脸都绿了。

街上很冷，很拥挤。她觉得恶心。好像嘴唇上的皮一层一层脱落了，她舔了舔，倚在阿伽清真寺的墙角吐了口唾沫。她怕自己会吐。路过的行人都在看她。她走开了。“这条街也肯定有清静的时候。不过我从来没见过。这些人都是谁？是下班回家去呢，还是去娱乐的？这个男人的鼻子长得像纪德[①]的鼻子。”可是他们看着可真阴沉。不知道他们之中有想成为“未知海域中的鱼”的人没有？也许是总往前看的男人……这首诗他朗诵得多优美啊，眼睛都湿润了。怎么，你还是处女？啊，对面斗鸡眼的女人停下来了，在等谁？跑，先生，快跑，逃出这条街。他赶不上了。是的，电车开走了。别担心，反正另一班车会来把你载走的。可是现在因为你跑着过来又没赶上，心里觉得是个耻辱，是吗？大家把这儿叫作塔克西姆，是因为路在这儿分岔。难不成是广场上一个高大男人在一个巨大的黑板前给听众教授四则算术中的除法吗？他的课会比我们艾哈迈德先生的课更无聊吗？古莱尔说什么来着：“百分之两百，艾哈迈德先生的课就是催眠曲。”那天在食堂他偷偷窥视古莱尔。哎！这不是我的艾米耐婶婶吗……不是的，她不会化这么浓的妆。

① 安德烈·纪德（Andre Gide，1869—1951），法国作家。

而且她怎么可能会在这儿找什么呢？她这会儿在穆达尼亚[1]。今天没有任何人跟在我身后。这不是我每次从电影院回来的路吗？这不就是名牌科技大学吗。上次径直来到家门口，戴着眼镜的那个安静的男孩在哪儿？还是说被发现了？（她又吐了。）我要是从这台阶上失足坠落会怎么样？怎么，你还是处女吗？我当然是了。我二十二岁了。为什么在他讲"凡事自有其规律"的那天我没有起身离开呢？他本来就是在关注古莱尔的。我猜他可能发现我更单纯、更简单吧。那好，我不会沉默的。道尔马巴赫切宫。快到家了。可是太晚了，时间是……六点差十分。家里的人现在已经开始担心了。我跑不动了呀。一进家我就会忘了所有的悲伤。妈妈面带笑容，爸爸在房间问："谁来了？""——B.。""——好，好。"就这些。他们甚至不会问我到哪儿去了。这种信任里有一种乏味的、贬低人的东西。而且我知道，爸爸其实会很难受。一过五点，他的脑子里就会浮现一千种糟糕的可能性。但他依然不会违背"信任孩子的原则"。哎，爸爸的这些"原则"啊……我会随后回到房间：桌子、床、书。我的闺房。今晚我就窝在自己的房间里别出去了吧。我很难过，

① 穆达尼亚（Mudanya），马尔马拉海岸隶属于土耳其布尔萨省的一个县。

可是，没法单独待着。萨米会用拳头捶门，叫道："吃饭啦，吃饭啦。"我要说不想吃的话，他们就会过来围住我的床头。我明白女人为什么要结婚了：为了能独处。

右边道尔马巴赫切宫殿的高墙后传来码头的鸣笛声。左边一辆亮着灯的电车穿过。经过对面一个男人身边时他喊了一句。

——慢点儿，我的蜜糖，可别把哪儿伤着了。

这粗暴的玩笑引起的悲伤她没当一回事。"今天不会是我最后一次产生错觉。我是信任别人的。"直到回到家，她都保持着这种感觉。

6

左脚踩在每层台阶上时，他的大衣左边口袋里的葡萄酒瓶一直在发出"咔嗒"的声音。口袋里有个里拉银币他忘了拿出来，他是这样以为的，但他没法满足自己的好奇心：他的怀里抱着一些纸袋。二楼楼梯口，对门门缝后站着的女人看见他就缩了回去。女人看起来像是半裸，但其实他清楚地看见她穿着衣服的。只是双腿光裸，白皙，丰满。"听到脚步声就打开了房门。是在等她的丈夫。"咔嗒！"没有可能是其他人吗？要是她还没结婚的话。”咔嗒！“要么就是在等答应要来却还没来的一个人了。过一会儿，她会坐在一封以‘你这个负心汉’开头的信纸前。”咔嗒！三楼没有人。“这儿一般总有两个孩子的。今天真冷。”

咔嗒！四楼也没人。只有水煮卷心菜的味道。咔嗒！“敲碎了拉倒，讨厌鬼。”咔嗒！“浑蛋，把怀里的这些纸袋扔掉，”他嚷道，“把口袋掏空，就舒服了。”他没有扔掉纸袋。

雪花飘落在混凝土屋顶上：平静，厚重，没有融化。他站定脚步。不知道是从哪里来的模糊的灯光映照着这飘落的雪花。如果不是感受到踩过地方的柔软，以及飘落在脸上的雪花，他甚至不会意识到下雪了。左手有种灼热的刺痛。冻的。

画室的门他是用鞋尖敲响的。等待的时候他脑子里飞速旋转的轮子放缓，放慢，停了下来。（在家里时开始旋转的；在他突然看见墙上的画时。他在画室里跟她在一起时的那不可抗拒的欲望……他迅速冲出家门……他在阿斯玛里卖斯基特[①]采买了东西。是冲着她的肉体来的吗，他问自己，是出于二十岁青年的激情吗？他只是

① 阿斯玛里卖斯基特（Asmalımescit），贝伊奥路区最热闹的街区之一，夜市街区之一。

听从了内心的呼唤而已。“——是你呀，原来你还记得。”阿伊榭打开门时会这么说。或者 ：“——是您呀。”）他浑身冰凉。他可以回家去，但他没有这么做。

现在他松了口气，很放松。找不到她他反而很庆幸，他原以为自己会生气的。他浑身轻松。除了回家没有别的事可做。不对，有一件事可以做。上台阶的时候左口袋里的“咔嗒”声仍有待解决。他把怀里的纸袋堆放在门角，从口袋掏出酒瓶，把手伸进口袋里 ：是一把钥匙。钥匙在口袋里被焐暖了，可他的手又冷又麻木，感受不到钥匙的暖意。他记起来了 ：这是阿伊榭给的钥匙。就是这扇他面前的大门的钥匙。他并不意外。口袋里有这把钥匙是非同寻常的一件事。出门时迅速穿上的这件大衣的口袋就应该有这把钥匙，不该在别的衣服的口袋里。巧合就是用来配合愿望的。他想进去。他很好奇，期待着屋内有重大的改变。最后他会听唱片旋律，对着熟悉的家具说声再会。

他把钥匙插进锁眼。他忽然想起来自己家的门没关。就算小偷进去了，应该也不会偷那些书，其他的东西偷不偷也无所谓。他推开门。油画的味道，熟悉而温暖的气息扑面而来。他把纸袋拿起来。在漆黑中凭记忆慢慢地走向桌子，还在老地方。他把手中的东西放在上面。

为了找到灯的开关，他划了一根火柴。他的手指费力地按下开关。

灯亮了，他环视了一下四周。“这儿有一个变化。”长榻、桌子、椅子、炉灶、收音机、墙壁上的画作、画架也都在他记忆中的位置上。唯一不同的是，画架的上面盖了一块布。他走过去看了看炉灶：底部有余烬。“今天她来过这里。”他往里添了两铲煤。拉上窗帘。以前他看着这些黑色的窗帘就会联想到黑漆漆的夜。“新家具的友好。”他从水龙头上方的玻璃架上拿了一个杯子，打开那两瓶酒，把苹果皮削了，把橘子皮剥了。“这是第一次没有她的陪伴我单独来这儿。那她呢，是跟那个黄色胡须的男孩在一起吗？”相比桌子的轻松，长榻让人恼火。他把杯子倒满，一饮而尽。

喝完一瓶后，他站起身，打开唱片机。响起了他怀念的钢琴旋律声。他坐上长榻。外界的声音已然听不见了，一切都在他的内心世界上演。有一天，就在这片灯光弥漫的陆地上，他好像站在了闪闪发光的沙滩上。啊，这座他认不出来的，面带微笑的人们漫步其间的城市是哪里？再然后依然是那片闪闪发光的陆地……在他身后有一个人说：“我也在这儿呢。”噢，那个人啊……

钢琴声突然停了下来。他睁开眼睛。这座真实城市的歇斯底里的各种声音原本被关在紧闭的窗户外，如今又再次清晰地传入他的耳中。他走过去关掉唱片机，然后把房子中间画架上的布拿下来。其实他一进来就想看看覆盖在画布下的作品。如果他有空的话,他本会坐着等她回来。但现在，一幅未完成的画作就在他面前。她在作画的时候，那个黄色胡须的男孩也许在长榻上。他的喉咙仿佛被什么东西给堵塞住了。他伸手拿过酒杯。“这有什么好处呢？”他没喝，把酒杯放下。拿起一片纸写下一句:“新年夜过得很糟。你的那份酒我留下了。”他把纸放到桌子上葡萄酒的旁边。径直走向墙壁上的开关。正要按掉开关时,又转过身来,将写了字的纸扔进炉膛里。“没出息！”他对自己说，“你留东西还不够低声下气似的，还留个字条。其实你清楚这事儿结束了。你只有一次机会来这里。要么重新开始,要么了结一切。你来了，一切就都结束了。你怕自己找到她，不是吗？你在吃醋吗？她会不停地想你吗？呵呵，自以为是！”他把酒瓶里剩下的葡萄酒倒入水槽。收起桌子上的东西装入纸袋。试图擦掉自己留下的痕迹，但是没用，他来过这个房间的印迹太明显了。把灯关掉。他出来把门锁上转身时，一道强光照射到他身上。他的心脏猛地一跳。“是她？”

——你在那儿干什么呢？

他明白了。虽然逆光看不见，但声音里的强硬还是听明白了。二楼半裸的女人报的信。抑或是她等的人本就是这个警察。他晃了晃钥匙。

——我把门锁上了。他说。画室的主人是我的朋友，我来找她过新年夜。等了她一会儿，她没来，我就打算离开了。

——纸袋里是什么？

——这些是剩下的东西，垃圾，要扔到垃圾箱去的。

——放到地上，打开。

他把纸袋放到面前，撕开。灯光下落。雪在灯光下闪耀。两个空瓶子、面包、奶酪、香肠片、坚果壳、没削皮的橘子、苹果……灯光移开了。

——好吧。你可以走了。

语气稍有软化。他俯身收拾纸袋。

——把它们留下。放在那儿。

——门口前面……

——我说了留下。你走吧。我会扔掉它们的。

他走了。“要不我……？行吗？那些橘子……”他从楼梯上慢腾腾地走下来。二楼的门是关着的。

外边的雪绵绵不断，踩在上面咯吱作响。返回书店一角的僻静街道时，他的心里空洞洞的。看了看表：快十点了。“我还能去哪儿呢？警察要是对我起疑心，把我带到派出所去就好了，今晚就会是特别的一个夜晚了。也许警察还会找到她，也带过来，我们就能一起出去了。然后呢，麻烦上场。那事结束了。我要去哈塞特那儿找书。你干吗跑啊？聚会迟到啦？总有人迟到啊，这个世界。火鸡饭还没吃完呢。今晚大家都该吃火鸡，吃不到的太遗憾。噢，噢，噢，今晚必须去娱乐。”电影院、剧院、酒馆都客满，家家户户有聚会。律师说有个小聚会来着，还挤了挤眼睛。“那是什么，新年夜我们布置好的桌子。那个买合买提先生可真够搞笑的。把我们搞伤心了，又安慰我们；可他老婆……别提了，兄弟。”我们有时候小赌一下，十个库鲁士一把的宾果游戏之类的。谁知道现在有多少人在家里赌钱呢？谁知道有多少个女人在嚷嚷“哎呀呀，手气怎么这么差”，谁知道有多少男人安慰她们“别在意啦，赌场失意，情场得意哟”？又有谁知道多少男人因为没能抢在前面说这句话而嫉妒呢？我太了解你们了。欺小怕大，恃强凌弱。到了晚上，手提着袋子回家去，有人在等你们回来。你们过着舒服日子，你们的舒服日子太容易得到了。你们的心里没有空洞洞的感觉。我为什么不能像你们一样呢？我是唯一一个思考的人？我是唯一一个孤独的人？他朝经过身边的女人转过身去：

——你好。他说。

话音刚落，他就后悔了。女人停下脚步，盯住他。他从兜里掏出左手挠了挠耳朵。女人说：

——我不认识您。

这句话的回答轻而易举："那就让我们相互认识一下。"然后挽住女人的手臂，说："天真冷。去个暖和的地方喝几杯，怎么样。"这是女人期待的回答。没想到，他说：

——我也是。

就走开了。他本不想这样半途而废的，以前他可是老手。十分钟后，更浓烈的孤独感袭来。他拐进鱼市。

他知道如果回家的话，直到午夜，除了不停咒骂楼上的各种动静，他什么也做不成。这条街上的雪已没了咯吱声。他钻进一个嘈杂无比、烟雾缭绕的小酒馆。他找到吧台前的一个空位坐下来，对靠近他的服务员说：

——葡萄酒。

服务员俯身贴近，就好像只为他而来，怕别人听见似的。

——老兄，他说，今晚有火鸡饭。

7

连续二十五天的下午他的脚丫子都在受冻。每天早上他去画室给萨米做模特。在贝西克塔斯吃饭，然后在雨雪中，大多是在雪中行走，地面有时松软，有时吱吱作响，有时肮脏潮湿。累了倦了，就走进附近的餐厅、甜点店或者咖啡馆坐会儿。店里的人们用一种暂时的宽容接纳这个受了冻的疲倦男人，让他觉得很温暖。能跟人相处融洽的感觉很不错。就在这样的一个日子里，在一家甜点店，他遇到了一个女孩。女孩跟孩子似的时不时皱皱鼻子的神情让她更有女人味，他非常喜欢。连续三天，女孩不时皱皱鼻子展现出的娇俏吸引他一直注视着她。

第二十六天，肖像画完成了。萨米说：

——好了。想看的话，就过来吧。听到这句话，他不情愿地站起身来。

他跟熟悉的亚麻籽油气味之间的依存要解散了，等待他的每个清晨将回归孤寂。游荡者那些漫长而空茫的早晨太可怕了。某几个小时非常重要，时间好像停止流逝了，连“三四分钟”都过不完；他觉得自己也就是花了好几个“三四分钟”吧。事实上，没有人会像他一样，能有三天多的时间只用来搞清楚街道的名字。

站在画架前，他惊叹不已。这幅画并不像那些他已看惯了的画像。他看见的首先是一只左手。灵巧而显得又气愤又紧张的一只手。这只手伸向一只咖啡色的耳朵，却够不着它，僵在空中。这个孩子居然能看透他？他原本以为人的表现与秉性之间的不同只有在不由自主抽搐的时候才会真实流露。他转过身看看四周。其他人也都在，自顾地聊着天。他抓起萨米的手，紧紧地握住。

——你懂我。他说。

周围的人都静默了下来。他随即放开紧紧握住的手，涨红了脸。在寄宿学校的一个清晨，他恍惚地套弄着命根子的时候，被一个舍友猛地掀开被子的那一瞬间所感受到的羞窘，再次浮现。他很长一段时间都没法再来这里了。

穿大衣时，心里的郁闷愈发强烈；走出屋外，在通往玛驰卡的路中间，手臂下夹着用纸裹住的画作，无助而痴狂地呆立着，被一幢幢建筑、车流和人流环绕。过往的人们八成以为“这家伙把什么东西给忘记了，一会儿就会走了吧”。他撑不下去了，看着汽车的轮子，想到了结生命。不仅仅是因为连续二十五天受冻受累。从服完兵役归来，寻寻觅觅，历时已三年了。难道他寻觅的“她”并不存在于这个世界上？他向两边张望，看到右边人行道上，靠墙站着的一个大眼睛男生饶有兴趣地盯着他，眼睛眨也不眨地啃着手中的苹果。他的嘴里分泌出唾液来。他站起身向前走。还是有些什么东西存在的嘛。孩子、苹果都是存在的。

那晚无雪无雨，散步后回家打开灯的时候，他又看了看画。（他是清醒的。新年夜之后他就再也没喝酒了。他是因为火鸡填饭才逃离那个烟雾缭绕的酒馆的。心情不好就从酒精里寻求安慰的行为总让他感到羞愧。）第二天注定会以一个枯燥的早晨开始。谁知道呢，假如不是为了逃避内心的烦恼，人们或许会忘记去上班。“工作就是烦恼的解药”，他的父亲以前是这样评价的。而他不想要这种解药。写篇模范文章，讲些模范课程，挥舞个模范锤子，是人们所谓的工作。用自己的方式按响喇叭的司机，用与众不同的方法挥舞锤子的铁匠第二天也会自我重复。生活的目的就是习惯，就是舒适。大部分的人害怕付出努力，害怕创新。适应他们可太容易了！只要他愿意，就可以白天在一所学校教书，夜晚跟安静、美丽的女人睡觉。无须努力。而他明白：这些还不够。还得有些其他的东西，即使是无望地勉强自己去努力，也是美好的。他见证了墙上的画作是怎么完成的：如吹口哨般噘着的双唇，微皱的年轻额头，深蓝的眼神。这是该有的模样。可惜他不会画画。无所谓！反正他可以写下来！那天晚上，他一躺下就睡着了。

现在，他每天早晨起床很晚。除了去厨房吃东西、喝水，去上厕所这些必需的间歇之外，他都一动不动地坐在桌边，直至天黑。五点以后，大家都下班回家的时候，他会走出家门，在附近的一家餐馆吃饭。最初的几天,他一吃完饭就回家,然后一直写到深夜。写得很艰难，可他没有放弃。一句话他会琢磨几个小时：他得负起责任来，从脑海里浮现的诸多想法中挑选出一个。他意识到了自己言语的贫乏。有些日子，他看见烟灰缸里的烟灰满了，才意识到自己抽了烟。他很好奇："她"的眉头是不是也有皱纹？

睡不着的时候，躺在床上，所写的东西在他的脑海中挥之不去。大多数夜晚，他当天琢磨时间最长的句子会来纠缠他。他明白自己已经开始习惯了。看吧，只要是人的大脑都会习惯，并重复同样的事情。他反反复复地说："蚂蚁，毫无意识的爱恋。"他翻个身，还是睡不着。"我该睡了。"他一遍遍地这样想着，可是大脑却似乎在说"不行！"并不断重复着那个句子："蚂蚁，毫无意识的爱恋。”

他为了摆脱这种状态，停止了夜间的写作。吃完饭，就去电影院看电影，在街巷游逛。不管他走到哪儿，他构思的故事都如影随形，当然外界的影响也有作用。偶尔他也能忘记所写的东西，晚上也能够睡着了。

外界的影响之一是坐在离家门口四十步远的角落里的一个乞丐。乞丐会连续五天都坐在那里，然后消失两天。他只会在去吃晚饭的时候见到乞丐，返回的时候是见不到乞丐的。在最初闭门写作的日子里，他其实是注意不到细节的：不知道什么时候该刮胡子，艾兰妮如果不问他取需要清洗的脏衣服，他甚至想不起来洗澡这回事，而他却注意到了这个乞丐。他开始写作的第三个星期的某一天，他写到第三个故事的结尾：“用这个词的字母也可以组成另外一个词。”这句话写完后，却找不到刚才还在脑子里的那另外一个词是什么了，怎么想也想不起来，他心里冒出怒火，感到一片空茫（左耳一阵瘙痒，街上汽车的轰鸣，楼梯上孩子的哭声骤然涌入耳际），他已然伏案一个多小时了，最后扔下笔走到窗口，他看见乞丐在那个拐角处坐了下来，就像杂货店开店门似的开了张。他第一次感受到抽烟时吸进来的烟雾侵入肺里的弥漫。从对面公寓里走出来的女人钻进停在路边等待的车里，车开走了。是个漂亮女人。

又过了两天，中午快结束的时候，他觉得自己像是被太阳晒干了翘起来的西瓜皮似的，干枯萎缩了。别人也是这么又干又燥的吗？他没法进入写故事的状态。他听得见大街上和各家各户的动静。小贩可真够多的啊！"来来来！看看看！"谁知道叫卖的人在卖些什么。临近下午的时候，乞丐来到自己的角落安顿下来，一辆汽车来到对面的公寓前停住。过了一会儿，那个女人出来了，坐上车走了。

第三天，车走了以后，他转眼看了看乞丐。乞丐在抽烟，是种奇特的抽法。乞丐把藏在手心的烟递到嘴边，深吸一口，一边左顾右盼观察四周，一边把烟雾一口口喷向地面。"哇，人精，藏着呢！怕有烟抽的乞丐讨不到钱，就偷着抽？"中午的时候，他给房间通风了，但房间里仍然烟雾弥漫。他的口中有苦味。他的脑子里不合时宜地想到要给加热炉工人涨工资的事情。他感到焦躁，对乞丐感到生气。乞丐本应把烟扔掉的。过往的人们给乞丐的手心里放下钱。他突然之间明白了。笑了起来。乞丐为什么五天来两天不来，为什么一直在这个时间出现在这里。这个乞丐是个精明人。乞丐明白人们下班的时候更愿意用微小的代价来换取宁静。而星期六、星期天乞丐是不来的。今天星期几？他对于哪天星期几是从来不关注的。不过，既然他连续三天见到了乞丐，那么今天就应该是星期三了。“如果乞丐早上去一个女子学校前乞讨的话，我可要去亲他的额头了。她们可是心软得很呢，轻易就会吃乞丐那一套的。”人就是这样的。有些人必须乞讨，有些人必须施舍。刚才坐上车离开的女人并不是奔向温暖的爱的怀抱，而是去卖肉的。现在，他对一切都感到失望悲观。

他走到书桌前站定。这些就是他近三个星期以来试图来唤醒的人吗：精明的人，施舍的人，买卖肉体的人？他把手放在自己写的东西上面，没有翻开，他都记得。第一个故事的开篇首句：“在一个大城市的噪声中，人们在没人注意、自己愿意的任何时刻都可以放屁。他却不偷偷放屁。”这个句子里的男人，他全部的生命都处于隐秘之中，又有谁会发现呢？还有第二个，频繁吸鼻子的女人的故事！然后是只写了半截的故事，故事里他提到了秉性真实流露的抽搐这回事。还有一个因抽搐而伸展脖颈的男人。幸好，还没写完。因为别人希望自己写出来的故事开头该用到的是这样一句话：“最后，尽管灾难让我受尽了折磨，但钻进她怀抱里的那一夜的滋味，我始终无法忘怀。”

他把所有自己写出来的东西，不慌不忙地，一点儿一点儿地撕掉了。这件事也结束了，跟以往一样。他把撕碎的纸片收拾好扔进厨房的垃圾桶里。返回来时，朝窗外望了望。乞丐在那儿呢。他要让乞丐明白世界上还有另外一种人的存在。他穿上外衣，拿出两里拉五十个库鲁士[①]放入外衣口袋，出了门。

他先从右边的人行道上走到街头，然后回头过了马路。天马上就要黑了。乞丐直到他走近了才看到他。乞丐的下巴很大。脸颊坑洼。不算太老，但看起来很落魄。“这个人以前可能干过搬运工。难道他有乞讨的习惯？”他在乞丐摊前站住。微微躬下身。

——伙计，给根烟抽抽。他说。

乞丐抬起头，面露惊讶，他感到愉悦。“乞丐明白他抽烟的时候，被我看见了。现在心里肯定在咒骂吧。”乞丐的脸上挤出想博取同情的一个笑容。

——我不抽烟的，先生。乞丐说。

——是吗！哎呀，突然特想抽根烟，想得要命。要是能找根烟出来的话，给个两里拉半也愿意哈。

他把左手伸出口袋，晃了晃手里的两里拉半，眼睛

① 里拉和库鲁士是土耳其钱币的单位，一里拉等于一百个库鲁士。

一直盯着乞丐怀里发紫的双手。手的动作他看明白了，右手朝里缩了下。“烟藏在右边口袋里。”手停住了，松弛下来。

——那行吧，谢了！

他把钱放回口袋里，朝前走去。不是朝自己家，而是穿过另一个公寓门口的过道走廊，探头看乞丐。乞丐并没有看他。“我让乞丐明白了什么？世界上还有另一个以前不认识的疯子。”其实，他本想让乞丐明白的是还有并不认为乞丐就不该抽烟的人的存在。今晚乞丐会跟自己相熟的人说“今天有个疯子问我要烟抽”吧。不过，他依然很好奇。不知道明天早上乞丐会不会到一所女子学校门前乞讨？他等了一会儿。

乞丐把皮革坐垫夹在外衣下面，朝街上走，他也跟着在后面走。他们穿过街道，从库图卢孰[①]街拐了进去。乞丐也许就在下边，小溪沿岸的一片房屋里的一座里居住。从他身边经过的一个女孩甜甜地看着他，他没有回头，他得跟着乞丐。他缓慢地走着，看到前边的灯光时，他的心里开始犹豫不决。他为什么来这儿？而又为什么没有去追刚才经过的那个女孩？就算知道了乞丐住在哪儿，

① 库图卢孰（Kurtuluş），希什利区一个老街区。

他又能做些什么呢？明天早上也许他们会一起到一所女子学校门口。然后呢？……他停下了脚步。乞丐继续走着，拐进前边的一条小街。

这是我们熟知的普通的一个夜晚。耳边回响着城市里的喧嚣。也许他在寻找的那个人的脚步声也混杂在这喧嚣里。他回过身，朝着人潮和车辆交汇的大道旁走去。

春季

1

每一天的名字，根据所经历的事情价值变化而有所不同。今天，到目前为止还可称为“脱掉外衣第一天”，随后就要变成“初见古莱尔的第一天”了。这一天阳光和煦。在卡拉柯伊的十字路口的甜品店里，他坐在窗户旁，在来往的人群中搜寻着一眼望去像木匠的一个人。在某些日子里，他也会搜寻一个裁缝什么的。有一次，他追上一个裁缝模样的人问他是不是裁缝，却发现“裁缝”其实是个书记员。他有些烦了，不再搜寻裁缝了，转而开始观察窄小空间里正中心的交警。交警吹着口哨，摇晃着交通棒；汽车、电车彼此交错呼啸而过。交警的动作在他看来很可笑，也许是因为交警阴沉的面容。过往行人怎么没有停下来笑起来？他不喜欢交警。要是他那天肯定会做个鬼脸搞个恶作剧之类的。汽车、电车混乱一片，那时他就会笑了。交警不是会这么做的人，也许这种秩序只有在臆想中才会紊乱。

这时，他注意到了街角。有时候，没有明显的理由，人们经过的一幢建筑、一个街角、坐过的椅子，也会让人感觉到它们在生活中仿佛占有一个重要的位置。这正是那个街角，今天要发生些什么的地方。他这会儿一直盯着那儿。对于来来往往的人们而言，这不过是城市里数以千计的偏僻一角而已。难道说是他在夸大这个地方的地位吗？还是说那里的每一天都有一个事件，能让他心里的偏见评价出超乎寻常的东西来吗？交谈中的两个男人正要离开那儿。他们握了握手。“摘掉你们的帽子！”他们把帽子摘掉了。期待人们让他出乎意料实在荒谬。现在是两个女孩站在角落里说着话。她们的鞋子不是高跟鞋。瞧瞧，这是好事。难道说……？他的心脏猛烈地跳动了起来。一个女孩的雨衣是浅驼色，另一个女孩的雨衣是淡蓝色。她们正要向彼此告别。他在心里喊道：“快，握握手吧！”两个女孩却互相亲吻了下。

他从座位上一跃而起。从店门出来时，他听到服务员的声音。

——先生，账单！

他把手伸到口袋里，掏出抓到的第一张钱。是张五里拉。他放在冰柜顶部，出了店门。他拔腿朝角落跑去时，两个女孩他都看见了。浅驼色雨衣的女孩朝着余科塞克卡德穆[1]走去，淡蓝色雨衣的女孩朝着托普哈奈[2]走去。“天哪，跟着哪一个呢？”他在角落里停顿了一下。然后，他追在浅驼色雨衣的女孩身后离去。一切都在那停顿的一瞬间注定了结局。他又选错了。淡蓝色雨衣的女孩才是B.。他要是追着她离去的话，这个故事就该结束了。但他选择的女孩是古莱尔。是巧合吗？不是。这座城市里他最不喜欢的地方就是托普哈奈街。也许因为害怕渡船的鸣笛声，也许因为不喜欢这条路上大学时代度过的无聊日子的回忆。但他喜欢余科塞克卡德穆。他暗自希望浅驼色雨衣女孩会从那里经过。再有就是以前他经过那儿去找阿伊榭的那些日子，双腿不由自主养成的习惯。（人们浑然不觉就已被习惯引导……）

走上斜坡时，他看见了右前方女孩挺翘的臀部。她长着黑头发。左手托着书包底，搭在臀上。他判断一个女人漂不漂亮，在看她的脸之前，一向都先看从女人对面走过的男人们的眼神。漂亮的话，男人们会再次回头

---

① 余科塞克卡德穆（Yüksekkaldırım），贝伊奥路区的一个街区，在加拉塔近旁。

② 托普哈奈（Tophane），贝伊奥路区的一个街区，在海峡岸边，毗邻卡拉柯伊。

看她。看吧，那个头发花白的男人走过去后又回过头来再看了她一眼。她走进一家旧书店的时候，他看见了她的脸。在那儿，他站在一家帽子店的橱窗前，假装停下来看帽子的时候，他做出了也许是他人生中的第一个正确预测：女孩是一个大学生。

他们再次继续向前走的时候，他一直盯着她的大腿。他的父亲以前也是这样。而且还边看边捋胡子。他搔了搔耳朵。女孩现在站在他这边的人行道上。他正以为她要过马路，她却拐进了加拉塔底通往西西哈奈[①]的那条街。他知道这条路。他刚一想到今天的奇特巧合真不少的时候，心里涌起一股曾在这里经历过什么，如果想得起来会感到喜悦，却被自己遗忘了的感觉。他不记得了。有一天，百无聊赖的他坐电车穿越过也见过这条街——街的另一头救火塔与沥青路面之间的距离让他感到宽慰——他在第一站就下车去找她了，但这些都没用。不是这件事。他忘记的完全是另一件事。也许他从电车下来的那一天找寻的是同一件事。当时，这条街上有他听不懂的，被他当成犹太语的对话。难道又是那样？还是她住在这里？不管是什么，他们之间的第一次对话将

① 西西哈奈：贝伊奥路区紧邻塔克西姆广场的一个街区。

会在这条街上发生。不是今天，是明天或某天，但他们一定会在这条街上对话的。

街上有孩子在玩球。高处一扇窗户上一个女人，冲着对面人行道上手提着袋子的老妇人说着些什么。女人还在嚷嚷着，用的语言他听不懂。一个孩子在女孩背后吹了声美式口哨，女孩没有回头。她一直没有回头。但他知道，有一天那孩子总会让女孩不得不回头的。

他们在街道的尽头停下脚步。女孩等一辆电车和两辆出租车驶过之后，跑到马路对面。走进庞大建筑群其中一座的门时，女孩回头看了一眼。正在这一刻，路灯亮了。她看见他了吗？一辆敞篷车经过以后，他也穿过马路。看了看女孩进去的门上写着：绿橄榄公寓。他观察了一下四周，对面的咖啡馆，样子不错，明天早上他来等她。他很放松。肚子饿了。看起来夜间会凉爽。

第二天早上，快八点的时候，他来到了咖啡馆。坐在靠窗户的一张桌子旁。咖啡馆里面有几个人坐在后面。这么早，他们在这儿能有什么事呢？他要了杯茶。喝完后，把钱放在杯盘边。他觉得女孩是学生。她随时都有可能从门里出来。他盯着门口。她住在哪一层呢？门口出来一个手提着包的男人，身后一个女人也出来了。他差点儿以为那就是她，正要起身。很像她，不过不是她，走路的样子完全不同。现在出来的才是她。他站起身。女孩走上街道，他也跟在身后走。他们从昨天下午经过的地方到卡拉柯伊下了车。在通往贝西克塔斯街道尽头的车站停下脚步。他已能在近处看见她了。她没有化妆。见惯了男人们的视线，所以她才不在意他的吗？可是，在他们要乘坐的电车接近车站的时候，她回视了他一眼。她脸上的冷漠似乎消散了。避开他的视线，她又看了他一眼。她似乎很吃惊。“把我当成另一个人了。”电车停住了，后排一个女孩喊道：

——古莱尔！

他前面的女孩转过头挥手致意。“那就是说，古莱尔，哈哈！”他没想到她的名字会是这个。不过，他很喜欢。上车时，拥挤之中他微微前倾闻了闻她的头发。很好：天然的体味。

在电车里，他刻意走到离她较远处待着。很拥挤。他在脑袋之间的空隙里看着她。她在跟朋友说话。快下车的时候，他们在空隙里遥相对视了一眼。古莱尔，好像在搜寻他似的扫视着四周，看到他时又突然收回视线看向别处。随着电车的震荡，脑袋之间的空隙忽小忽大，他只能看得到她的头发。他在想：她的眼睛是什么颜色的？深蓝色的，还是绿色的？等离她更近的时候，他就能看见了。

在芬德克勒[①]站下车的大多都是学生。他没有下车。他在腾空的一个座位上坐下来。电车起步时，古莱尔跟其他学生一起正走进大学的外门。七年前，他正是从这扇门走出来的。七年前，他应该是一个完全不同的人。为了被这所大学录取，他办理了无犯罪记录证明、体检报告，还在手臂上注射了天花疫苗。但他只坚持了四个月。他那时老觉得无聊。不知道那个上了年纪的老师还在世吗？

——没买票！售票员说。

他站起身，把钱递给了售票员。他在第一站下车，打算到海边的哪个地方去。

下午，他还是去了那家甜品店。一坐下就看见了交警在自己的位置上。是昨天那一个吗？也许不是，但他们之间没有一点儿区别，不断地做着同样的动作。这座城市里怎么有这么多人！来往的人群中有没有哪一个是他以前见过的？例如，那个穿黑色大衣的……他觉得应该没有。“这种天气穿大衣！病了吗？工作的时候病发作了，所以回家去？干什么工作的？银行职员？”每个人都有一份工作实在奇怪。更奇怪的是，从他面前经过的

① 芬德克勒（Fındıklı），贝伊奥路的一个街区，毗邻卡拉柯伊，临海峡岸边，是土耳其米玛尔·锡南美术大学所在地。

人不会再次经过。那古莱尔呢？他看了看街角。念着她的名字想到她很愉快。也许在她到街角之前，他就会看到她了。他希望最迟在五点半。他叫来服务员给了自己点的冷牛奶的钱。他不想让服务员像昨天那样在身后叫住自己。

甜点店的时钟指向五点半的时候，他的希望清晰地成了泡影。她走了另一条路吗？他们的最后一节课下课时间是五点差十分。就是跟朋友们说个闲话什么的现在也应该来了。或者是错过了一班电车？他要再多等一刻钟。街道很拥挤。他的注视还没落下贝贝克[①]，电车就飞速驶过，让他极为恼火。他看见一个穿着驼绒大衣的女人，心脏猛跳起来，但那不是她。她是戴着帽子的。他朝门走去时，看见了墙上的日历。三月二十七日，星期六。数字“27”的一半是黑色的，一半是红色的。他的心放了下来。他白等了。在人们的秩序里，每一个细节都很重要。甚至每天的名称……要是他早知道今天是星期六，一点就见到她了。

他从来没见过余科塞克卡德穆这么拥挤。他本想到那家咖啡馆去等古莱尔的。“我心里为什么有这种想法？

① 贝贝克（Bebek），贝西克塔斯区临海峡街区，邻鲁迈里城堡，是伊斯坦布尔高收入精英首选居住区。

也许吃完饭，她们全家会去看电影。”那样的话，他也会跟在她们后面，坐在后排一个座位上，看她。他从加拉塔桥桥底走上街道。心里有种一切都会如他所愿的感觉。从街道走出来朝着咖啡馆走去时，他看见了她。他很意外，在人行道边停住脚步。她正要从经过的电车上下来，她离公寓门口很近。

突然之间,他听到了自己描述的那些“大城市的喧嚣”声。他皱起了眉头。每次听到这种喧嚣他都会皱眉。有一辆汽车停了下来,车尾有一个东西——是猫吗？——好像在挣扎。随后许多行人聚集到那里。他从眼角瞥到了这一切。因为他的全部注意力在古莱尔身上。听到嘈杂声，古莱尔也转过身，人群聚集后，她也朝着车尾的方向走过去。现在，古莱尔也成为那人群之中的一员了。

在那里,站在人行道边,他第一次怀疑自己认错了人。难道不是“她”吗？为什么在意识到发生了什么事情时，“她”没有转身就回家去？“要是这个‘她’还眼含泪水的话，那就是我认错人了。”那样的话，我就二话不说离开。他跑到街对面，先是看见了站在身旁的男人颈背上的瘤子，然后看见了古莱尔。

(——又不是故意钻到车轮底下的，可怜的小东西。

——都怨司机开得太快！

——真的开得不快！我跟往常一样开得好好的。它突然蹦出来了。我踩刹车了。可惜没管用。）

她的眼眶里没有泪水。她目不转睛地盯着身旁的男人。“她是被挤了一下吗？”

（——妈妈，车后那摊东西是什么呀？

——猫的肠子，儿子。千万别看！）

她正在往人群外走。“她要走了吗？”他把右手按在汽车的后盖上。

（——你怎么不看两边的路……

——我能怎么看，先生！我们得盯着前面的车。还得用余光注意行人。同时什么都得注意的话，我们可就什么都看不见了。）

司机的委屈唤起了每个人的好感。假如司机所说的话是“出什么大事了，不过是只猫嘛”，也许就要闹到派出所才能收场了。随后，古莱尔看见了他。

（——行了，散了吧。路都快被堵死了！）

她好像睁大了眼睛。“她认出我来了，对这次碰面很惊讶。眼睛是深蓝色的吗？”已经是黄昏时分了。他看不清楚。密集的人群三三两两四散开来。

（——好了，先生们，咱们也都散了吧！猫已经被轧死了，没办法。你们也看到了。继续待在这儿，要是被车撞了，我可不管。)

他对面的男人推了推他的前胸。“行了，别再看热闹了！”继续这样推他的话，保不准会动起手来。他用左手抓住前面的挡泥板。古莱尔突然转身走了。进公寓门时停顿了一下，但没有回头看他。

(——这儿不适合动物生活。

——撞死猫，不吉利。)

司机弯下腰，把地上的死猫用报纸裹住。打开车厢后盖放进去的时候，他走近司机。

——是空车吗？

—— 空车。

他们上了车。司机发动了引擎，问他：

——去哪儿，老兄？

——开吧……“说哪个地方好呢？去个远点儿的地方吧。”去米尔衮[①]。他说。

车开动了。他们开得很慢。在台湃巴舍[②]他听见司机问他的声音。

——您也看到了吗，先生？

---

① 米尔衮（Mirgün），书中多次提到的一个优美街区，在法蒂赫海峡大桥以北，距离贝伊奥路区较远。

② 台湃巴舍（Tepebaşı），贝伊奥路区一个街区。

——看到什么？

——猫啊，老兄。我开车有五年了。没遇到过这种事。伙计们老说："敲一敲木板，能辟一辟邪。"我都没当回事。刚才那个脖子粗壮的家伙说的什么，撞死猫，不吉利什么的。您说呢？

——我不知道。他说。

直到米尔衮都得听司机唠叨，他可受不了。"什么狗屎运我上了这辆车？"开到奥斯曼贝伊[①]，他让司机靠边停，下了车。

周日他没能见到古莱尔。他等了一小时，期盼着她会去电影院，但他的期望落空了。周一早上她从家出来时，他见到了她。他在咖啡馆里往旁边看的话，古莱尔也有可能会注意到他。她从外边走过他坐着的靠窗位置，走远了。他没有起身追上去，因为下午他打算去大学前边等她。现在他要去理发，剃须，洗漱一番。

他想找一家不用在外边的座位上等待就可以刮胡子的理发店。他走进了台湃巴舍的一家理发店。刚一坐下，就从镜子里观察了一下自己的面容，刚才古莱尔见到的就是这副面容。他高中练拳击的时代留下来的鼻子上的

① 奥斯曼贝伊（Osmanbey），希什利区一个街区，紧邻贝伊奥路区的哈尔比耶街区。

疤痕隐约还在，似乎今天显得稍微红了一些。理发师傅用棉花挤压摩挲他的颈部。擦完后问他道：

——您一般在哪里刮胡子，先生？

谈话会顺着这个话题继续展开，理发师永远都看不上自己之前的理发师所理的发。有一次，为了从这类陈腔滥调里解脱出来，他开口用英语胡诌了几句，那个傻帽理发师居然一半用土语一半用手势跟他搭腔，滑稽极了，最后那个理发师还多拿了两个半里拉。他从裤子口袋里拿出一里拉放在桌角，说道：

——刮完胡子之前你都能不说话的话，这个里拉就是你的；你要是开口了，我就收回来。

另一张椅子上的男人忍不住笑了起来，嘴唇却被割破了。理发师没了兴致，他却很惬意。刮完胡子，他回到家洗漱了一番。要是不洗漱的话，他的脖子会发痒的。

下午在芬德克勒，站在鞋匠半面是镜子的橱窗玻璃前，吃惊地看着自己光彩照人的模样。剃须、洗漱、理发这些烦琐的辛劳都只是为了要和她说话？这就是他除了不想被看作无知之外的另一个愿望吗？他做了其他人做过而自己却最讨厌的事情。他用手把脸抚摸了一遍，搔了搔耳朵，这也许是继承了父亲的习惯。就算他想摆脱这些习惯，却无计可施。人们会在浑然不觉中掉入轮回。

开始有人从大学的门出来了。他朝车站走去。“趁她没看见，我就离开吧！”这更糟。他背靠在混凝土墙，点燃了一支烟。车站越来越拥挤。艾敏厄努[①]电车载着大部分等车的人离开了，但又有乘客来到车站。突然，他看到夹在乘客之间的古莱尔正在注视着自己，她正站在一个女孩和一个男孩之间，他们就站在他的旁边。他对那男孩刚长出来的胡须感到嫉妒。男孩戴着眼镜。

(——最棒的就是今天的十四行诗。没办法，我对什么“李尔王”喜欢不起来。

——我搞不懂你怎么……

——车来了。哪一列?

——阿克萨拉伊[②]。

——还好，没怎么等车就来了。)

他跟在她们身后上了电车。古莱尔的视线是在找他，看到他了。“别看我了，我的女孩，看见了吧，我就像个没胡子的娘娘腔似的。跟我能有什么戏唱。你还是看你身旁的眼镜男吧。”事实上，古莱尔是想向他证明男孩跟

① 艾敏厄努（Eminönü），伊斯坦布尔欧洲部分法蒂赫区的一个街区，在金角湾西边，是伊斯坦布尔老城区商业中心。

② 阿克萨拉伊（Aksaray），法蒂赫区的一个街区，是伊斯坦布尔最熟为人知的街区之一。

自己其实并不亲近。男孩表示想为女孩们买车票，古莱尔挑了挑眉毛生气了，另一个女孩则局促地皱起了眉头。“男孩这会儿一定在暗自郁闷吧。窝囊废。每次上课，总想凑在女孩身边坐。一直偷看女孩，一直看。没指望。口袋里肯定装着小刀。总想帮女孩拔笔帽。那个女孩叫什么来着？阿伊赛还是阿伊菲儿？有一天扭扭捏捏地来找我，走路的样子可真丑，她把笔递给我说——‘能帮我把笔帽拔开吗？’我只说了一个词：‘——滚开！’当时她可真是一副惊吓得不轻的样子啊！那时候，女孩子们都怕我。其实那一年，我可是拿了无犯罪记录证明的。那会儿我老在意着那个圆脸的姑娘，可她从不正眼看我，却跟着那个瘦高的男孩同进同出。他们一副很满足的样子，好像看不到周围的其他人。不知道现在的她们是不是还是这样？为什么不呢！不知道古莱尔是不是也是那种让男孩子们拔笔帽的女孩呢？我觉得不像。她不化妆，不穿高跟鞋。”

她们在卡拉柯伊下了车。古莱尔走到角落时半转身看了看他。片刻之后，就在那条街上，他们之间该会有一个对话。他们没有对话。古莱尔没有拐进那条街，继续往前走。他很惊讶。她是要顺道去别的什么地方吗？他感到好奇。走过隧道，远离熙熙攘攘的人群和噪声，来到人们一开始热切喜爱而后又离弃的僻静街道时，他明白了她的意图。古莱尔看了看他，放慢了脚步。也就是说她是想在这里和他说话。第一次交谈将会发生在由她选择的街道上。他们从台湃巴舍来到了托兹考帕让[1]。现在她走得很快，走进公寓门口时，她转身看了他一眼。

第二天他们也没说话。他们还是从昨天走过的路上走过。星期三——注意到没，他知道每天是星期几了——古莱尔再次从余科塞克卡德穆拐到那条街上后，看起来似乎很高兴。“我是因为要结束了才在害怕吗？”他没有急事。每天有满满当当的行程真好。连续两天他都在清晨透过咖啡馆的窗户看着她去学校，傍晚在大学前的车站等她。经过卡拉柯伊之后，开始这段步行。今天的这个傍晚似乎会更长一些。古莱尔拐进右边街道中的一条，好像要把他引到至今他从来没走过的一条路上去。在一个安静的地方，她停住脚步。他也停了下来。“我快让女孩厌烦我了。明天我得找一条更容易返回的路径。”之后他们兜兜转转地从隧道走了出来。古莱尔从通往公寓的阶梯上像只小鸟一般轻盈地落到下面。他在上面呆住了。“我的女孩儿啊，你的鞋一点儿都没有不合

① 托兹考帕让（Tozkoparan），伊斯坦布尔欧洲部分衮格然（Güngören）区的一个老街区。

脚吗,怎么会那么轻盈?”落到第一个平台上,她停下来,仰头望着他。他们之间隔着二三十级台阶。周围没有人,只有一个老妇人,从阶梯底下一步一停地在爬台阶。他无法继续与女孩对视。这张脸,在修剪腋毛时,会如何地皱起来呢,他打算臆想一下。但没办法。他实在想象不下去了,不忍破坏这会儿的美好。他忽然大喊一声:

——明天!明天!

2

亲爱的B.:

回到家,他们把你的信给我了。你都不知道我有多高兴。立刻就开始给你写回信了。我要是早知道你的地址,两天前就写信了。你走了以后,在我身上发生了一些事情,我没法告诉任何人。我希望你在这里。你看,我真自私。我明明知道,我所写的会让你想起你想要忘记的东西,却偏偏越写越多。

我对于你去的小镇很好奇。不是,其实是对你在那儿要做什么很好奇……连续两个清晨,我都被汽车轮胎的噪声吵醒,然后,如你所说,就是彻底的静默。你说,我会习惯的。直到某一天的清晨,我将不再听得见汽车的声音。

我们刚搬到这里的时候，我是那样的。今天傍晚，我步行在我们以前走过的街道。我站在房子对面，他站在远处。他还是没有开口说话。就在那里，我本想就在我度过童年的街道和他说话的。已经三天了，从大学到家，他都跟在我的身后。为什么他不开口说话呢？我不明白。你一定在想，这个他是谁了吧。让我告诉你。

我第一次看见他是星期六早上在卡拉柯伊等电车的时候。原谅我要在这儿写到你不愿意听到的名字：他跟埃尔汗很像。但他看上去年龄更大。如果不是因为这种相像，也许我早忘了他的脸长什么样子。当天傍晚，就在我家门前，一辆出租车轧死了一只猫，在聚集的人群边上——我旁边那个男人的浓重体味把我熏走了——我看见他在看我的时候，我也就不会那么惊讶了。他的眼神里有一种紧张。走进门时，我首先想到的是：现在他已经知道我住在哪里了。

星期一傍晚他出现在大学对面的车站，不可能是巧合。我认为他是大学的学生。我怎么至今都没见过他呢！我身旁是尼哈特和麦莉哈。我们上了同一辆电车。我们女孩子为什么总能招来男人的视线呢？尼哈特你是知道的，直到那天我才觉得他的关注原来那么烦。他居然无聊到要替我们买票？不管怎样，我们下车后，他仍跟我身后。我想他该对我说话了吧，就从僻静的街道走。他没有开口。昨天也没有，今天也没有。你知道的，每个星期二的课三点就结束了；星期三下午没有课。我假装在看书，从讲座的窗户望着车站。四点半到了，我很高兴，就是今天了。但他没有开口。我很失望。昨天晚上古菲尔对我说："哎，亲爱的，能惹你不高兴的事情居然要发生了？"多嘴！我生气极了。我不喜欢她。我就是要说出来。就算是我的妹妹，那又怎么样！老去跳舞作乐。不过她不藏心事。我最感到惊讶的还是我爸爸。就这么由着她去！就这一年的变化。我妈妈，还是你知道的那样，什么都不在乎，只在乎我爸。是她这种狭隘自私的爱改变了我爸吗？

啊，总是在说我自己，我的圈子！B.你怎么样，你会在那里做什么呢？给我讲一讲你的叔叔、阿姨吧。他们有孩子吗？想想你在那个小镇，多么可笑！如果你在这里，我想这三四天发生的事情就不会让我感到这么吃惊了。就在刚才，在隧道通往公寓的阶梯中间，当我站定了看着他的时候，他说："——明天！"明天会发生什么呢？人们称之为爱情的东西难道就是这种内心的混乱，这种思念吗？和纳泽木在一起的时候，才不是这样。那时我是主导者。我很失落。快，伸出你的双手，像在我低落时常做的那样，掐我的双颊逗我吧，让我能笑得出来。

G.

3

那天早晨咖啡馆的服务员没问他就把茶上了，所以说六天就足以成为熟客了。他去吃饭的那些餐馆里的服务生常常这样扬声传菜，“——阿里先生的汤！”“——把艾哈迈德先生的红烧茄子端上来。”他觉得不可理解。总是把人们吸引到同一个地方的力量是什么？他对咖啡馆服务员感到很不满，他的样子哪里像这种熟客了？他不会再来这里了。

外面正在下雨。点着烟的时候，他看见她在公寓门口。稍微停顿了一下，就抬起头，从每天早晨走过的街道旁边向前走。“她为什么不去车站？她的脚会被淋湿的。这他妈的破电车，破汽车，怎么都没有一辆给她个座儿？”他差点儿要冲过去帮她叫辆出租车去学校了。但他突然想起来自己没钱了。昨晚付完晚餐的钱，他发现自己只剩两个半里拉了。这就是关键时刻掉链子。他的脚要被淋湿了。他把手里的烟头按进烟灰缸里，又点燃了一支烟。窗外机动车道上穿过的车辆都坐满了人，好像都是去机器轰鸣淹没人声的工厂，去阴深黑暗的井下矿厂。又迷茫又厌倦的样子。要是像太阳出来后，阳光照射在被洗过的石头上那样焕发光彩该多好……这场雨会一直下到傍晚吗？

看到伸向前面那张桌子去拿杯子的手，他惊讶起来：六根手指。大拇指指根有一根小小的，多余的手指。以后，他会写一篇这第六根手指的故事。他听到咖啡馆服务员的声音：

——您大概是新来的吧，先生。

——是的。他不假思索地回答。

——您在哪个地方工作？

这个人在说问什么？“现在我该怎么回答？”

——在离这儿最近的那个地方。他说。

咖啡馆服务员想了一下，点了点头。

——最好的就是那地儿。服务员说。

他朝火炉走去。这“最好的地儿”究竟是什么，他永远也没机会知道了，他也没兴趣。雨一停他就要出门，去银行。过了一会儿，服务员来到他身边，对他说：

——九点了，先生。

他转过头。“嗯，九点又怎么样！”他过了会儿才明白，站起身来。服务员是在提醒他去上班。纯粹因为那六指手指，他没有对服务员生气。他也不知道为什么自己没有生气。

一年之中有个三四次，他会有这种不情愿也得去的情况。何况，今天正在下雨。他沿着各店铺在屋檐下往前走。靠近银行的时候，雨停了。银行里要排队，签字，还有“请在这儿签字”之类的话语。他老觉得不耐烦。只有这些吗？还有，身处银行里那些人之间，感受到的，手离钱越来越近就越来越强烈的那类似羞耻的情绪，他不记得了吗？他搔了搔耳朵。一滴水从屋檐上跌落到他的颈背上。他跑上石阶，推门进入银行。

每一次，他都会先听到打字机那可怕的敲击声。于他而言，就如同钢铁相互撞击的声音般刺耳。随后，他会分辨出其他声音：纸张的沙沙声，说话声，椅子的咯吱声。大厅里有几根矮柱子，他扫视了一遍宽阔的大厅里工作的银行职员。难道说他们聋了吗？他站在一个柜台前，“请在这儿签字”之类的话语开始了。他心里一直念着“马上就结束了”。出纳窗口前正在数钱的是那个他每次来都以为再也不会见到的那个年龄不详，戴眼镜的男人。

“你好，街道！”他没出来的那会儿太阳出来了。对面墙上的海报写着“不用烦恼。喝口戴尔芒药”。海报上的女人一半的脸庞没有显露出来。“我没劲了，从我怀里出来，走一走吧。”她说过这句话。是谁来着……

——有火吗，老兄？

是一个黑头发的男孩。他掏出一根火柴递过去，男孩弯曲着手把烟点着。逃学了？他正要问，男孩说了声：

——多谢啦。说完就走了。

他突然想起了古莱尔。好像他有好一阵子没有想到她了似的。他向通往隧道的阶梯走去。在昨天傍晚她看着他的地方，他停下了脚步。“在那儿，我昨天是在那上面。她当时是怎么看着我的来着？‘明天’是我说的。今天我要弄明白了。”从剩下的台阶走下来时，他数了数：二十二层。他打算去哈塞特那儿找找书。

中午时分，从台湃巴舍的餐馆出来，一到车站他就听见汽笛声，让他想起了桥下俯瞰金角湾的海岸边上的咖啡馆。他穿过马路走到对面的车站，这儿能听到更尖锐的哨声。他上了进站的第一辆电车，口袋里放着托马斯的故事，他一直都好奇的一本书，到那儿就可以读一下了。

他在卡德柯伊下了车。在桥的正下方，一个男人在钓鱼，好像没有肩膀似的。他转向右边，两张桌子都是空的，他坐在没有上漆的木质椅子上。小小的咖啡馆里，锚工、挑夫、船夫进进出出。去年他和劳拉坐过的桌子不是这张吗？那个女孩很害怕船夫们的注视。

——请问？

——咖啡，中糖吧。

他把书掏出来。也许劳拉已去了美国。也许此刻正身处她不断提到的湖岸边。“Ooo my Erie!（噢，我的伊利湖！）”“可那里还是上午呢。”劳拉是美国克利夫兰人。咖啡馆服务员把杯子放到桌子上。“很丰满。Hold me honey。（抓着我，亲爱的。）屁股很大。”他喝了一口咖啡。“腿毛挺少。有一次我把这些毛拔掉了。‘Oooy, are you crazy！（哎哟，你疯了吧！）’怎么女人总是对我说“你疯了”？他笑了，点燃了一支烟。他首先看了看每个故事的名字。他现在是在城市最嘈杂的地方。海面上也拥挤繁忙。当他开始阅读，就什么也听不见了。

然而，他内心深处又隐藏着注意力分散且粗心的另一个人，仿佛毫不关注所读的书，却能把桌子上不停移动的光线、另一张桌子上来往的客人、过往的船只都纳入一半的视线中，把从桥上面辅路通过的车辆发出的“咔嗒咔嗒”声——以前他能从这两个咔嗒声之间的间隔辨别出车速来——听入耳中，这些阻碍了那个读书的内在完全失去时间意识。好比一个习惯晚起的人，某天晚上临睡时，想着“明天我需要早起”，而第二天早上在计划的时间真的醒来时感到的那种惊讶，他这会儿看到时钟时体会到了。四点差五分。

五点差五分了——他从在他前面时不时捋一捋头发的女孩的手腕上看到的——是和古莱尔坐同一辆电车的女孩。他知道：她没有在听朋友和她说的话。“为什么她绝望地看着我呢？是因为昨天傍晚我发自内心的叫喊吗？”他从三个人身后挤过，来到她的身旁。古莱尔的一只手抓着天花板上垂下来的吊环，另一只手放在吊在臀部的包上。他把昨晚折了四折的小纸条从口袋里拿出来，飞快地用手心按进她的皮包。她把胸前的手臂挪开想看这只手要做什么，却没能看见。她把包移到身前，对朋友说了声“再见”，朝前门走去。

过了一会儿他们爬斜坡时他对自己的愚蠢感到吃惊。他原以为，她一拿到纸条就会看的。“她不会看的。她自己不从那儿回家吗？不。她要走过去了。”他突然加速赶上她。抓住她的胳膊，拦住她。是深蓝色的。

——为什么不从这儿……（很奇怪他的嗓音能这么润滑。自他说了“咖啡，中糖吧”那句话以来，就没有再开过口，是因为一直没说话的缘故吗？）您为什么不从这条街走了？

——我不认路呀……

——请跟来我吧，我们从那里走。

这是他们第一次并肩而行。他们穿过加拉塔。应该说点儿什么话。他咳嗽了一声。脑海里造着“早晨下完雨之后这样的天气真令人愉快，是吧？”这样的句子。难道非得谈天气吗？他正打算把这句话说出来，可是思绪好像被阻塞住了。说这句话之前似乎该说些什么别的东西。心里弥漫着一种绝望。他看了看身旁女孩的鞋子，顿时松了口气。

——今天早上你的脚淋湿了。他说。

——淋湿了？我没注意。我喜欢在雨中漫步。（稍稍停顿了下。）您在哪儿看见的？

——我看见了，连续四天的清晨我都看见您了。从家里出门的时候。（话语流畅起来了。声音跟话语也完全和谐起来。他看得见她的侧脸。古莱尔回望了他一眼。）我知道，你很疑惑我为什么之前没有说话。我想来到这里再开口说话。这里有些什么吗？在这里说话应该会更好。那天我跟在您身后在这条街上一边走，一边意识到了这个。

走到街道尽头，两个人都以一种“好了，就是现在”的姿态停住了脚步。“我是该问一问什么时候我们可以再次见面吧。”他注视着她的鼻子。他从来没有想过，人的鼻子居然也可以很好看。

——最艰难的一关我们过了。他说。

——我不明白。

——最艰难的一关，第一次对话……（他的声音加快了。）您要回家，是不是？请先别回，我们再待一会儿，现在天还早。您愿意吗？一起去街边一家店坐一会儿行吗？

——愿意。她笑着说。

他们跑到了街对面。一会儿之后，他们在伸向卡瑟姆帕夏[①]的海岸边上漫步。他不时转身回望金角湾。古莱尔说：

——灯亮起来就会更漂亮。

——你喜欢这条路吗？

——非常喜欢。有时候，我会拿一本书在手，坐在一条长椅上，可是有人就是不让人清静。你知道在这里有多少年轻小伙子，他们用言语骚扰人。然后你就会觉得世界上最糟糕的事情就是身为一个姑娘。

他们找到一条空长椅，坐了下来。古莱尔的包搁在了他们之间。

——最糟糕的莫过于身为一个有漂亮鼻子的姑娘。您的名字叫古莱尔，对吗？

① 卡瑟姆帕夏（Kasımpaşa），贝伊奥路区的一个历史悠久的街区。

——我还不知道您的名字呢。

——您会知道的。我认为跟人真正的关联最少的就是名字。人一出生，就被那些并不了解他（她）的人起了名字。而被起名的人则从此与这个名字相关联。无名则无人生。(他静默下来，点燃了一支烟。) 您看，现在您了解到了比我的名字更重要的一件事：我抽烟。而且还有啊：所有这些尊称，比如“您”啊，“您们”啊，我觉得没有意义。做作，多余似的。第二次见面时不能从称呼“您”变成“你”的人，我是不会再交谈的。你（您）说呢?

——我想我能理解您。

——你说错了。“您”无法被理解，“你”才可以。有些书上写着“我爱您”，我看了就笑。似乎“您”被爱上了。只有“你”才会被爱上，不是吗?

——我能理解你。(她脸红了)。

即便这还是他们的第一次对话，他已经能把这一点说出来了。“让她别用敬语叫我这个过程我可没少费劲！没关系。总之，她做到了！”阿伊榭可是忍了三天呢。他心里这个纯粹的喜悦是为了什么？他寻觅的“她”竟如此美丽，超乎他的想象。他们对视着，含情脉脉。甚至没有看到金角湾燃起的灯光！他扔掉手里燃尽的烟头。

——我一直对你的眼睛很好奇。他说。

——现在，你看清楚了吗？

——我看清楚了，深蓝色。

——再看看。

她把头发往后拢，让脸更靠近他。他正在用干枯的松树叶刺自己的手。他常去收集小学花园里掉落的松树叶子，常像现在这样，用不会弄疼的力道用叶子刺自己。他想摸摸她的头发。他认不出自己的手来了；手好像有了自己的意识，自主地行动。一个小孩儿弯腰从他的脚边拿走了自己的球。他身旁的女孩把脸缩了回去。

——哎，看，灯都亮了！

他看了看。下边是一片雾蒙蒙的傍晚景象。即使被阴霾笼罩，人们也是欢欣的。现在，如果他们是倚在阿塔图尔克桥的栏杆上，他会去抚摸她的头发。他的手指已不再像被蚂蚁叮过似的隐隐痒痛，手是他自己的了。他们身后，从沥青路上穿行的汽车的轰鸣声传入他耳中。他回过头来，古莱尔也回过头来，两人的视线再次交汇。

——你是大学生，对吧？

——不是。（他笑了。）我也总是猜错；可是关于你，我没有猜错。我见到你的第一天就知道你是学生。（指了指他们之间的包。）也许是因为这个，当时在你左手上。

你把包按在屁股上。我的工作你不可能猜得到，我……

——请别别说了！（她的舌头像打了结似的，刚开始约会的时候会是这样的。）别说出来。留到下次我们见面的时候。

——留到明天……明天下午你能逃掉学校的课吗？

突然他们身后传来可怕的刹车声让他们浑身一震。他皱起眉头转身一看，刚才那个男孩正弯腰去拿车轮边上的球，车的前窗传来大喊声：“——硬是要人当凶手了啊。这个小杂种没有妈带的吗？”是个留着胡子的，这张脸似乎以前在哪儿见过。几个人跑了过来。一个女人在打男孩。孩子被多揍几顿，就学会在这座城市生存了。永远要保持警惕，走神是严禁的行为。一旦走个神什么的，人就会被按喇叭、被按铃、被咒骂、被撞，然后回过神来。他看着古莱尔。他们俩也走神了吗？难道说，这座城市也会逼他们回过神来？古莱尔说：

——明天不行。周六下午两点，在塔克西姆，六点见面。

——好吧。

——太晚了，我得走了。

她拿起她的包站起身。从长椅后伸出一只手碰了碰他的脸。“我的胡须只留了一天。”他想亲吻她的手指，却没有吻上去。她缩回了手。

——那好吧，再见。

——再见。

——周六见……

——好的。

她走了，没有回头。“现在，她会转身回来。会说，明天下午见面吧。那尖锐的刹车声之前她的双唇是在酝酿着‘我当然可以逃课了’那句话吗？”

——我可以坐这儿吗？

他转头时，心跳仿佛要停止般剧烈地跳动着。不是她，是个化了妆的女人。

——长椅是属于你的市政府的。他说。

女人咯咯地笑了。他突然想起来在哪里见过刚才那司机的面孔：他被几个裁缝揍了的那个夜晚，司机就是其中的一个。他直起身来，站在女人面前。

——今天的晚饭您愿意和我一起吃吗？他说。

——哎呀！您把我当成什么啦？我儿子都跟您一样大了。他心里涌起一股难耐而强烈的笑意，好不容易才忍住了。

——请上帝原谅吧。他说。

那晚他没有回家睡觉。清晨时分，他上了一辆赶早的出租车，一进家就把门闩上。他走了太多的路，已经精疲力竭了。洗洗就睡了，脚底板又累又痛。“干枯的松树叶子……我用叶子刺长辫子姑娘的手。老师！‘你个淘气鬼！’为什么我没有碰触她的头发？她说周六再见。她的脚会淋湿的。我的脚……我跑到阿兰穆达尔[①]去干什么？出租车！咯咯咯。冷得我直哆嗦！‘别再白白烦恼。请喝戴尔芒药。’半个身子的女人，这些人都聋了吗？我们总是在狭窄又没有护栏的桥上。明天六点。我们在没有护栏的桥上。护栏……护……”他睡着了。

星期六他躺着看书时，艾兰妮进来了。律师打了电话过来，说有急事要见他。他坐电车去找律师。事务所一年半来没有任何变化：锃亮的胡桃木办公桌、真皮座椅，还有律师都一如既往。他在一张座椅上坐下来。从递过来的烟盒中抽出一支，点着了。

——您想喝茶吗？

——我不想喝。

——刚才他在这里。

——谁？

① 阿兰穆达尔（Alemdar），是伊斯坦布尔欧洲部分法蒂赫区的一个街区，是主人公幼时居住的老房子的所在地。离他现在的家并不近。这里暗指主人公彻夜未归，步行去了老房子。

——你叔叔的儿子……

——反正你没有给他吧？

——没有，您说过不要给的。可是我可怜他。他提到老婆孩子，说没成家就好了。您知道，他是从租店铺的人那儿问到这里的。还说要是能见到你，他肯定你会帮助他。

——我不会，我也不想见到他。我不是什么亲戚们的救世主。

律师奇怪地看着他。上一次律师说过："您可是连手沾一沾钱都不愿意的人呢！"“律师肯定不会明白的。律师自己也是不情愿却帮衬亲戚的那类人咯？哟，这儿太热了。”他起身离开了。

从商栈楼梯下来的时候，他突然加快了速度。他想起了什么？石头台阶好像没有尽头似的。出来后他朝桥的方向走去。走得很快。他在卡德柯伊[①]码头停下来买了一份报纸。又走了一会儿，拐进了桥下。男人还在那儿，仍然在之前那天的地方坐着钓鱼。从金角湾靠近角落后站定，他靠着铁栏杆点燃了一支烟。男人没有肩膀，他联想到意大利画家莫蒂里安尼的一幅肖像画。男人身

① 卡德柯伊（Kadıköy），伊斯坦布尔亚洲部分沿海区，是亚洲部分交通、商业、文化、教育、娱乐和社交中心区。

旁小小的扁平篮里鱼儿还在腾跃，他把最里边口袋里的一百里拉拿出来放入裤子口袋，又吸了一口烟，把烟头扔进大海。他走近钓鱼的男人。

——哇，爷们，你到底把这一条也钓上来了！（他朝着篮子弯下腰，提着一条鱼的尾巴拿起来。）你要说是蓝鱼吗？不，亲爱的，别以为我会上当。钓了多少年的鱼了。你懂行那是肯定的。（他一边用报纸裹拿起来的鱼。裹完了。）这是胡扎鱼[①]，我反正没吃过。一百里拉够了吗？闭嘴，别想要更多的。我就这么多钱。

他把一百里拉塞进男人手里，小跑似的从那里离开了。从面前渐到尽头的台阶上桥的时候，周围的噪声安静了下来。

——“从穷人那里偷来的给了上帝！”

——没给上帝，你是知道的。而且我又没偷。

——但你给的就是被偷走的钱。

——叫人怎么做才行，难道要让他爬上去自己跳到大海里去吗？这个世界上除了他没有别人跟他同类！

——有，那些用自己的汗水赢得的……

——闭嘴，我了解他们。他们是因为偷不到、找不

① 胡扎鱼，原文为“Huza balığı”，发音近“胡扎”，其实并没有这么一种鱼的存在，是主人公自己编造的。

到捷径才付出汗水的人。你没看见吗，那个钓鱼的人？那一百里拉他没收下吗？

——钓鱼的人明白你为什么给他钱。在你说胡扎鱼时……

——闭嘴，赶紧闭嘴！

他先是听见了自己的声音，随后听见了周围的噪声。从台阶上往下走的女人，为了不让风掀起裙子，用手按着。过往的行人中有一个男人停下来看着女人。

——您怎么了小妹妹？

——没有什么，我有点儿头晕。

——您需要什么吗？

——不用了，已经不晕了。谢谢您。

他继续走。就是他们这类人在呼唤他。让他加入他们，让他上车，让他喝药，让他工作，让他吃饭的就是他们这类人。他把手中的报纸扔进一个固定在竿子上的垃圾桶。但这种呼唤是不连续的。他们一旦知道了他的存在，就会如影随形，共生共存。突然之间他的脑海浮现出今天两点要做什么事情的想法，收敛起心神。他没有看自己的表，却看了看别处。

两点差一刻，他在塔克西姆广场角落里的咖啡馆顶楼，从面前的窗户里凝视着广场。他心不在焉，像应付作业一样吃完饭，出来后就坐在这里了。他身后传来聊天、下双陆棋的声音。在广场上，他们即将见面的地方上方，时钟的指针颤巍巍地指向一点三刻。他不打算提前去，他打算就在这里注视她，观察她会在那里等他多久。电车进站又出站，而车站上总有等待的人群。他一眼望见了她——她的穿着与平时不同。几乎认不出来了——他看了看上方的时钟：两点过七分了。因为她迟到了，他很生气。幸好他没去。难道她也涂了口红吗？看不清楚。离得还相当远。她在环顾四周，随后来回踱步。而他觉得胃发酸。这就是所谓的胃不舒服了吧。“她迟到的原因有可能是乘坐的车出了问题，不是吗？”她靠在时钟的支柱上。“最糟糕的原因也不过是用七分钟让人重视自己的小做作而已，不是吗？”那我的所作所为呢？简直是个彻头彻尾的混账王八蛋！古莱尔弯起左腿用手摸了摸脚跟，左右望了望，头微微倾斜地等待着他。那一刻他的心口泛起柔软和松弛，既温柔又豪壮的感觉。“她在等着我！而我……”起身时椅子被掀翻了。他从台阶上腾跃而下，飞奔到车站。看到古莱尔因见到他而焕发神采的脸庞，他把自己的脸凑向古莱尔。

——快来，打啊，打我一巴掌！他说。

古莱尔本欲问他怎么迟到了而张开的嘴唇合上了，

瞪大了眼睛。站在附近的人都转过身来看着他们。

——你这是怎么了？别这样！

——先打我一巴掌再说。我是个浑蛋。

——别这样，我们成笑柄了。

看见周围人笑嘻嘻的脸——两个都是女人——他抓起她的手臂朝人行道跑去。（当天晚上古莱尔写下了“谢天谢地当时没有我认识的人在”这句话。）他们上了在瑟拉塞尔维莱尔[①]等乘客的一辆出租车。司机转过身来时，他说：

——去卡拉柯伊。

他看了看古莱尔。注意到她的嘴唇微微涂了些口红。那一刻他心里无所顾忌，拉起了她的手。

——你就是不愿意逃掉昨天下午的课……我在上面看着你呢。你就在车站，还踱了一会儿步。你迟到了七分钟，我还说呢。本来我不打算下来的。然后，你抬起腿摸了摸脚跟。鞋子硌脚吗，鞋是新的吗？为什么昨天下午我们没见面呢，是因为那煞风景的刹车声吗？

——哎呀，我！我后悔极了。我想傍晚会见面的。以为你会来车站见我，但是你没有来。本来可以一起回

① 瑟拉塞尔维莱尔（Sıraserviler），塔克西姆广场旁一条街。

家的。而我还想着这回要跟你并排走呢。为了等你，我错过了三路电车。你为什么没有来？

——我生你的气了。

古莱尔注意到司机在听他们说话就没有再开口。不久后，车子停了下来。他给了钱。他们下了车。

——你知道我们是去哪儿吗？

——不知道。

——去我第一次见到你的地方。

进入甜品店后他一看，那天的那张桌子旁边两个人正起身离开。似乎一切都是为他们准备好的。他们坐了下来。

（在后边，店里灯光微弱的地方坐着一个男人，注视他们好久了。如果不是女孩那么美丽的话也许男人不会这么关注他们。男人嘛，嗯，这不算恶劣。如果坐在女孩对面的是自己，肯定每天都刮胡子。狗杂种这都不懂吗？都一小时了找了什么话题说个没完，谁知道呢？亲密的时候什么样，近距离时。人有时候需要点外遇。女人们总是随心所欲的样子。需要精力去追逐，可他没有时间。“你以前都在哪儿混的？”他的表情郁闷起来。五年前塞尔玛是他的“恋人”；现在是“老婆”。那他是什么？“我们家老公”。什么外遇都没有机会了。“有那么一天，把那个女孩带到一个房间，关上门。先抱住她的膝盖。她缓慢地起身时，让裙子从胳膊上褪下来。不要用眼睛，用你的手心摩挲她的双腿。她的小内裤是淡粉色的，比什么都不穿还刺激。停留在她的双唇上，啃噬让她呻吟出来。”他清醒过来，意识到，该回家了。已经迟了很久了。他站起身。从他们身边经过时听见女孩在说，“——我们给他买了太阳镜”。男人关上门，走了。）

4

亲爱的B.：

我几乎不知道从哪里写起。这是我两天来写给你的第三封信，想想那个给你写第一封信时我的焦躁哪里去了？好像现在是另一个古莱尔在给你写信，另一个喜悦的、幸福的古莱尔。我们见面了，我跟他……我最好从那个拐角开始写。你记得吧，从卡拉柯伊眼镜店出来后我们待过的拐角。你坚持要在那里告别的地方。我们亲吻告别了。要是我们没有亲吻告别的话，我就不会和他相识了。今天我和他去甜品店里坐了坐，就是他当时看见我们的地方。他总认为人们在大街上的举动会和他猜测的一致。我同你告别的时候，他心里暗喊的是“握手吧”，而我们却是亲吻告别的。他就跑到拐角来了。他在那里停顿了一下；因为看到的是我们两个人。然后，他就跟在我的身后一直走。

千万别生气啊，我很高兴他是跟在了我的身后。要是跟着你走的话，他会了解到你家在哪里，却不会再见到你，那他会难过的。他会以为自己期待发生什么的拐角欺骗了他。他还有一条自己的街道。我想这是人们共有的一种普遍意识。我们总是这样的吗？他想在我每天都通过的那条街上和我进行第一次的对话。而我很迷惑，把他带到了僻静的街道。我还以为他会觉得尴尬。他对我说："我们从这儿走吧。"接着就在带回我的那条街上把这些事情告诉了我。他让我跟他去托兹考帕让的长椅上时，说了句："您愿意吗？"你可以想见我的激动！我说："我愿意！"

哎，瞧我，自说自话。有点儿语无伦次，是不是？这些是周四从大学返回的途中发生的事情。在电车上，他来到我身边，往我手中塞了一张小纸条。我放进口袋里了，不时地想着它，坐到长椅上后就忘记了。他抽烟，在那里的时候，告诉我无法用"您"来称呼我。想想看，我第一次跟他说话居然就可以称呼他为"你"了。他正要告诉我他的工作是什么时，我阻止了他。并告诉他我们下次见面再告诉我。可是，我还是没能问清楚他的工作是什么。因为我们有那么多可聊的东西！

昨天我们没见面。差一点儿出事之前，他问的是“你明天可以逃课吗？”我们后面有个孩子差一点儿被车轧了。我想到了老师，老师会说：“古莱尔小姐，星期五您的表现可真没有风度啊。”我们约好周六再见。临走时——他没有起身——我摸了摸他的脸。回到家，我问妈妈晚饭吃什么！妈妈说：“碗盖土豆米饭！”我抱住妈妈的脖子，亲她。“我的心肝宝贝妈妈！”“你怎么啦女儿，疯丫头！”我跑进自己的房间去看那张纸条。纸条上写着：“请从加拉塔底部的那条街回家。”我笑了。原来就是这事啊。

今天他让我在塔克西姆的时钟下面等了他好久才来。其实他早来了，在悄悄地观察我，因为我昨天没逃课生我的气呢。过了一会儿，我曲起膝盖摸了摸脚跟。那时，他就跑过来了。你看，人的未来是如何的因为微不足道、不被留意的一个动作而改变的？他站在我的面前把他的脸伸过来，还说：“来吧，打我！”你都无法想象我多么惊讶。车站的人都好笑地看着我们。我说：“别这样，我们都成笑柄了！”他就抓住我的胳膊跑到对面。老天爷，幸好那儿没有熟人在场。接下来我们跳上一辆出租车，去了卡拉柯伊德那家甜品店。在车上，他吻了我。（我们知道这句是一个谎言。奇怪，她为什么要这么写？）

我还没有告诉家里的任何人。不过，有一种气氛在弥漫。今天晚上爸爸问了："什么事这么开心，我的女儿？"古菲尔说："这阵子她可是一会儿悲伤，一会儿快乐的！""你闭嘴！"我说。"为什么要我闭嘴；我没有说话的权利了吗？""有，但不能是说关于我的话！"我说。她吐了吐舌头。我暗咒她的舌头会断掉。妈妈说："姐妹俩，姐妹俩，行了！"

你觉得呢，我不该告诉他们，对吗？ 亲爱的B.，为什么你不在这里？我们明天还要再见面。我会借口说去找麦莉哈从家里出门。我还不太认识他，但是能有机会说我有喜欢的人了让我愉悦。对啦,你在做些什么？写信给我。吻你的双眼。

G.

5

如果墙上的钟没错的话，最多二十分钟后，她就到这里了。他觉得今天她也会提前到的。从那天开始，他们已经在这家规模大，桌子多，没有什么特色的甜品店见了五次面了，她总会提前到。她下午在大学的日子里，他就会在芬德克勒的一家小咖啡馆里等她，她来到窗玻璃前站着的时候，他就会起身，两人一起从七年前他实在无聊时就逃学游逛而经过的同一个斜坡去塔克西姆。古莱尔晚上回家的路线已经完全改变了。不再有电车，不再有消防塔街道。还有什么别的也不再有了？她不知道。上个星期一在那个斜坡上，他们站在那个干涸的古旧水池前，当他在讲述他第一次读出水池上的题字“慈善家芬德克勒区穆罕默德·阿迦水池”的那一天时，他们开始了生命中最重要的一次对话。短暂的一段话：“——也就是说，你只忍了四个月。那么，你现在在做什么呢？已经三天了，我怎么也问不出口。更猜不出来……”“——你当然猜不出来。因为我是个游荡者。”就这样，他谈起了自己的各种收入，没有做任何准备，他一下子讲开了。他关注着她的表情。她笑了，“哦”，她说，“你真忍得住！”当然，她会感到很惊讶。但是在脸上，他害怕看到的那种失望、轻蔑的表情没有出现。他们手拉着手继续往前走的时候，他问：“你读过芬德克勒区穆罕默德·阿迦的历史吗？”“——没有。不过，这段时间我会找来读一读……”

他把服务员放在桌子上的橙汁一口气喝光，他渴了，刚才吃的香肠蛋让他口渴。餐馆的服务员在他点香肠蛋的时候说“——我们的腊肉非常棒，先生。您乐意的话，我让厨师做成腊肉的”，他则直接拒绝道：“我要香肠的。”

而这家甜品店的服务员就不同了，没有那么好说话。而且他们每次离开的时候，留在桌角的小费服务员照样拿，却连个“慢走，再见”都不说一声。不过要是服务员说了，他就不会跟古莱尔来这儿了，而是去一家和这儿类似的，来往顾客数量更多的另一家甜品店见面了。每次来这儿看这服务员还没被解雇，他都很惊讶。让这服务员被解雇，被一个熟练、热络的服务员取代，这样他就可以不用老是和古莱尔在这张桌边见面了。他对习惯感到恐惧。继续这样下去的话，这张桌子会成为恋人们的圣地。出现固定的地点是件糟糕的事情，那样一来人们就不会遵从自己的意愿而是遵从那个地点的意愿开始生活。然而，他内心一角依然对于坐在这里，在桌下把她的双膝夹在自己的膝盖之间，讲些轻松的话题很是享受。前一天坐这儿，古莱尔说：“——在这个世界上，我没有太多期望。三个房间，一个厨房，我爱的男人，一个女孩、一个男孩，两个孩子……”他简单回答道：“——男人厌倦了跑掉了，孩子们得白喉病怎么办？”那一刻，要不是因为这种享受的感觉，他会汗毛直立的。要是在另一个场合听到这句话，他会以为“这个女孩想让我成为手上提满袋子[1]

① 书中多次出现“手上提满袋子”的人，暗喻循规蹈矩的生活方式，并不是土耳其谚语或俗语，是作者自创的一个表达。

的人之一。为她们而生。她不是我在寻觅的人”，也许会甩手离开。古莱尔——她的手那么的美——非常生气地望着他，“——唉！”她说，“我知道，有一天会发生的，这种事。”会发生的事，她指的是什么？她期望的事，还是所爱的男人厌倦逃离的事？

服务员把橙汁杯子拿走的同时往桌边放了份报纸就离开了。这是第四次了，明明知道报纸没人读白白放着，在古莱尔没来之前还是把报纸拿来放在桌上。服务员第一次拿来报纸的时候，他就明白为什么了。当时他握紧了拳头，一直等着服务员说点儿什么，但服务员什么也没说。服务员旁观了前一天发生的事情。那天——那是他们第二次来这里——古莱尔有一会儿提到了自己的妹妹。“这竟然是一个敢说出不爱自己妹妹的女孩子。这可不是小事……”他正这么想着，注意到她抚弄自己烟灰缸的手。他听得见她的声音，却听不进她在说什么了。他的双手，正用干枯的松叶按压双手和双唇。她抚弄烟灰缸的手像是预感到要发生在自己身上的事情一样，微微颤动，一点儿一点儿地往回缩。“——别把手缩回去！在那儿放着。我想吻它，就现在。”她不相信，还笑了。“——怎么可能？你疯了？”“——我告诉你了，在那儿放着。要不然我要到你身边吻它。”她的双眼睁得那么大，真可爱！他倾身贴近她，“——停！”她说：“坐下，我要伸手把你脸颊上的烟草屑拿下来。”她伸出手，刚一碰上他的嘴唇就缩了回去。除却这份羞涩和面容上的惊惧，他对她急切的渴望也让她有一丝欣喜对不对？她的双眼变得多么流光溢彩！他们以为没人注意，但他知道服务员注意到了。报纸，是为了下次他试图吻她手的时候，不让别人看见才被拿上来的。不过，下次没有发生。桌子上那个折成四折的报纸越是放在那里，就越是不会被用上的咯……那一天，天黑下来后，在她家附近一个僻静的街道上，他吻了她。古莱尔颤抖着轻喃：“——亲爱的，我疯狂的恋人。”他点燃了一支烟。“她疯狂的恋人！那就是我！”

——你好！

他抬起头，她在他对面。“她疯狂的恋人！你又聪明到哪里去了？今天没有带包来，好。女人的包包真恶心……那她在大街上也两手空空的。”

——你好，坐啊！

她坐下来。

——你等了很久了吗？

——我不知道。（朝墙上的时钟看去。）十八分钟了。

——今天我本来半小时前就要来的。然后我想万一见不到你呢。我得等着你。大家都会看我的笑话……

他没有在听。凭感觉就知道服务员过来了。古莱尔说：

——橙汁。你也想要吗？

——是的。

——来两杯！

服务员走后，他们的膝盖在桌子下相遇。稍微变动了一下就找到了一贯的姿势。“已经尝过的口味！没有别的滋味了吗？为什么女人们都不寻求变化呢？为什么她不把我的膝盖夹到自己的膝盖之间去呢？行吧，就算是因为裙子和裤子的不同造成的。那么连踩踩我的脚也不行吗？”服务员把杯子放到桌上离开以后，古莱尔说：

——这么沉默的服务员，大概是哑巴吧。她说。

——大概是吧？你看，我就从来没有想到过这一点。

他们笑了起来。人只要一笑就会放松下来。

——学校怎么样？他问。

——别提了。（她指了指脑袋）我满脑子都是诗歌。而且都是些什么诗啊！足足三个小时的弥尔顿。我们不停地和天空又是战斗又是休战的。闪电啊，打雷啊……中午筋疲力尽地回家了。你做了什么？

——我躺了会儿，还看了书。

——哦，真好！我羡慕你的生活。真有福气，有时候想到你心里就觉得温暖。你在看什么书？

——*The Naked and the Dead*（《裸者与死者》）。

——我从来没有听说过。

——看完后我会给你。它也是在谈论战争，地球上的一场战争……也就是说，你有时候会想起我来？

——是的。

——我不希望你太想我。

——为什么呢！不想你我办不到，你知道的，我爱你。

他把烟按到烟灰缸里。“她多么轻易地说到这个词啊。爱！也许每个人都从自我出发，赋予词汇一个意义，一个价值。这些价值差异之大，就好比两个人说两种不同的语言，不是吗？”但他仍是欣喜的。古莱尔用左手的两个手指在报纸上有节奏地敲击着鼓点。

——你一点儿都不尊重我。她说。（他微笑了。）真正的男人都乐意帮助女孩子，你都没有把杯子拿到我的手边。还是说我不是你的恋人？（她动了动膝盖。）

——宝贝，（他从报纸上方看着她的手）要是你愿意的话，我就坐到你身边来，（她收回了手指）揽过你的头，让它靠在我的肩膀上，（她的左手开始缓缓地往回缩）你的橙汁让我来喂你喝。（她的左手与另一只手在桌边汇合，一起缩回怀中）别把你的手藏起来！今天我很清醒。

——哎呀，这是很可怕的事情！你是怎么知道的？

——我知道怎么看懂你。听我说话的时候，你在想：“他不会这么做，但依然会抓住我的手想要亲吻怎么办？”你看，你的嘴唇隐约地涂了口红。涂抹的时候，你脑子里想的是什么我也知道。看着镜子里双唇显得苍白，你想的是：“他不喜欢化妆，但我涂一点点，他看不出来。”你知道我们会接吻。你希望双唇更有吸引力。你的脑海里一直想着今天跟我亲吻的事。你是想的。我是怎么知道的？因为我……我想吻你……

古莱尔脸红了。

——这是可怕的事情。你看到了，我很羞愧。她说。

——有什么可怕的？这些事情所有的人都想着，但大多数说不出口。我们两个之间没有任何掩藏的东西，不会给你一种放松的感觉吗？

——放松啊！当着别人的面……

——别说了！（他像是要夹碎她似的紧紧夹住她的膝盖。）别说下去了。来，喝完这些咱们走吧。

他们继续喝橙汁。“当着别人的面脱衣服会给人一种放松感的话！……”他怕她接下来会说出的是这句话。她难道不知道自己的话自相矛盾？或者说，她无非是希望她愿意听到的话从他的嘴里坦率地说出来？他用手抚摸她的额头。

——我们是走之前商量一下要去哪儿呢，还是到了外面再商量？他问。

——我们在这里商量吧。

——那你告诉我，去看电影吗？

——我不知道。你上周……你说去哪儿我就去哪儿。

他明白了。上周在这里亲吻她的手的那一天，出门后他要把她带回家。“我还不能去，”她说，“我害怕。怕进入你家后，一旦你看出来我身上有什么不适合那里的东西，你会不再爱我。”相对于其他女人——甚至阿伊榭——总愿意去他家的欣然，对这个女孩的胆怯，他始终都没有感到奇怪。同样，对她现在去他家的接受他也并不感到奇怪。不过，今天他不打算带她回家。

——最好的选择就是看电影，他说，人如果明知要发生的事仍然去做就不会觉得羞愧了。

在外面，拥挤的人群中，所有的一对对男女都挽着手臂走，只有他俩没有手挽手。走进电影院坐在最后一排，这唯一的不同也消失了。后排已坐满了一对对的男女。一走进放映厅，掐着时间似的，大厅的门打开了，灯也亮了，他很高兴。要不然的话，他们就得在外面的大厅里等着。他讨厌在黑暗中摸索着寻找空位子。他环顾四周，人不算多。他听见古莱尔的声音：

——你在想什么呢？

——我在想进电影院的人都有一种共同的感受。他说。也有一些专门来看电影的人，但这个大厅也可用于其他目的。等雨停来躲雨，来蹭暖和，来睡觉，还有大多为了跟坐在旁边的男人或女人结识蹭擦而来的人。还有包厢，廉价的妓院房间。还有来后排接吻的人。纯粹为看电影而来的人希望放映厅安静人少。他们会因被询问身旁座位是否有人坐而不高兴。他们希望没有咳嗽，擤鼻涕、说话声，笑声。我认为这就是电影是一种艺术的最大证据之一。但是，恰恰没能成为艺术的证据也是这一点。因为总是有人笑、咳嗽、擤鼻涕。

——你知道吗？我忘记带手帕了。要是我流鼻涕怎么办？

灯灭了。终于等到了大家都期待的这一刻。他想。而且古莱尔似乎直挺挺地向他靠近。他用左手环住她的肩膀，他的双唇寻找到她的嘴唇。现在他们无须交谈。“不，我们的肉体会交谈。双唇把声音截取切割掉。人身上不算肉体的唯一一个地方是大脑，不是吗？带着大脑的肉体！这是对一个人能说出来的最严重的鄙视字眼。带着大脑的肉体！哎，这彼此压迫的嘴唇，这握得发疼的手，是受着什么的驱使？是脊椎吗？还是阳具的欲念？两具完全不相干的肉体怎么会如此精确地、轻易地理解彼此的表达？哎，这饥渴，这贪得无厌！她说是可怕的事情。最可怕的事是这个，对吗？”他移开自己的双唇。古莱尔眨眼时，他再次俯向她的脸。这一次，半隐在黑暗之中，像是为了掩藏自己陌生人般的肿胀脸庞似的亲吻着她。古莱尔亲吻的时候，总是闭着眼睛。“千万别睁开眼睛。睁开眼睛的话，也许你只会看见一只肿胀的鼻子，两只眯着的眼睛。又或者是你无动于衷？或是有别人这样吻过你？”他用尽所有的力气紧握手心里那只不安的手。古莱尔似乎退缩了，在他的双唇间呻吟了一下。两人的身体分开了。他看了一眼，银幕上男人正在亲吻一个女人。到处都是同样的一幕。耳边忽然响起比耳语还轻慢的私语：

——握着“他”，看，你惹“他”伤心了。

他握住伸到胸前的手，很久都没有松开。她的手又热又干。亲吻时看起来不断放大的鼻子、脸颊、双唇又重新开始缩小了。他的身旁，头靠在他的肩膀上坐着的这个女孩，没有开口说话，也没有试图把脸伸向他，因为这些，他仿佛更爱她了。她的头发垂到脖子上。他的耳朵发痒。下次再来的话，他会让她坐在自己右边。女领座员手中昏暗的灯光映照出他们前面经过一对膝盖相蹭的男女。一坐到他们旁边的地方就拥抱在了一起。给他们让路的时候也没有缩回彼此依靠的腿。他用手臂托起古莱尔的脑袋凑近她的耳朵。先是吻了吻耳朵；然后问：

——咱们走吧？

——走吧。

他们站起身。他转过身看看旁边。男人正抚摸着裙子下女人的大腿。一时间，他心里涌起混杂的感觉：因为他们要出去了而喜悦，想踢男人却因为他们已经起身了而后悔！……他搔了搔耳朵。或许他为了让男人和女人为所欲为才提议离开这里的？

从拥挤的路上往前走时，他觉得好像两人彼此都觉得羞涩似的。他们经过加拉塔萨雷高中。“大家都那样盯着她看！不知道她在想什么？是这只手吗？不，是另外一只。”古莱尔拉住他的胳膊，问道：

——从路过我家以前的老房子那条路走吧？

——从那条路走吧。

他松了一口气。她在想这个。老房子！基于十天来听她讲述获得的了解，他已能完全地清除她妹妹，小部分地清除她母亲在她内心的存在了。但是毫发无损地屹立着的还有她的父亲，以及这幢老房子。今天，他会攻击这幢房子。他并不着急；之后会轮到清除她父亲在她内心的存在。他希望她成为精神上的孤儿。“要拥有她，就得让她除了我之外别无依靠。”即便是他已预见到这个女孩在未来会因为他而伤心。他转过头看了看她。他不想她伤心。随后他的脑海里这两个对立的句子开始反复重现。他用敌视的眼光看着来往经过的人们。好像要拯救她陷于伤心的药物是这些人给的。

——别再白白烦恼，请喝戴尔芒药。他说。

古莱尔吃惊地看着他。他用头指了指后面。

——我看了那个商店橱窗的传单。他说。

他笑了。她也笑了。接近隧道时他差一点儿拐进阿伊榭的街道。他们拐进了另一条街，先向右然后向左转，他们停在了路中间。古莱尔说：

——就是这里。你记得吗？

——什么？

——十五天前我把你带到了这条街上。我站在那里，想要你跟我说话。

——是的，我记得。这幢房子跟旁边的房屋有什么不同吗？

——我的童年是在这里度过的。但是我的母亲……那时我也想搬家。最后，我们搬家了。现在，我觉得背叛了这幢房子。来，咱们走吧。

他们继续走。古莱尔盯着前方。在拐角转弯时，他说：

——我知道那座房子。有三个房间，一个厨房，是不是？

——你怎么知道？

——我认识住在里面的人。男人是离这儿最近的一所高中的英语老师。他的妻子，为了跟他结婚书念到一半就退学了。他们是相爱而结婚的。有两个孩子：一个女儿，一个儿子。男人晚上回家时，手中提满盒子和纸袋。他们一起吃饭。大多数夜晚，男人要么修改学生的书面作业，要么看报纸。偶尔喃喃地说一句，“今年的煤可能会短缺！”妻子的怀中总有些需要缝缝补补的东西。她看着自己的丈夫，想道：难道我就是为了这个迷恋舒适的男人而毅然退学的吗？然后陷入遐想。女人有一天去学校时，在公共汽车上留意到一个年轻人。“为什么我冲着他挑了挑眉，”她感叹，“跟他本来也许有别的可能啊。”再说到他们在一起睡的床上……男人觉得妻子变了，想着学校新分配来的历史老师。女人的心思则飘到了公共汽车上的年轻人身上……

——闭嘴，古莱尔说，够了！

——你没有看到房门上的黄纸吗？儿子五天前病倒

了。他们舍不得看医生的钱，以为很快会好。但他得的病是麻疹。

——你为什么这么悲观?

——你为什么不？你看不见周围的人怎么样吗？即使是看上去最幸福的人？所有这些都是从三个房间，一个厨房，两个孩子的幸福幻想开始的。然后呢？来吧，女士们，先生们！千万不要错过这个机会。您也进去，看一看。三幕话剧。第一幕：平坦的山峰。第二幕：怎么这么多的山峰！第三幕：盆地沼泽。今天到此为止，先生们。晚安。明天再会。

——你可真夸张！（她捏捏他的胳膊。）我原本以为男人们期待的东西不会比我更多。

他心里自语："哈，这样啊，清醒一点儿再说。我不着急，你知道的。有一天我会让你明白世界上能让人容忍的唯一一样东西就是爱。"他们从隧道前经过。"不知道我们之间谁更加清醒？房子，还是我脑子里的'我'？"下到第二十二层台阶时，他握住古莱尔的手站住。

——明天，你到玻璃窗前就停住脚步。他说。

——好的。

两个星期前在这里，他希望现在身旁的这张脸皱眉，变丑。而现在，他却希望它更美丽。

——你的手疼吗？

——哦！不疼，已经过去了。

“她会拥抱我……”他无法确定。古莱尔用被他握住的手再碰了碰他的脸颊，就缩回手，沿着台阶跑下去。他站着没动，直到她拐弯都远远地在她身后望着她。“今晚她会在床上辗转反侧，无法入睡。她以自己的方式爱着我。那她对于世界的期望怎么办呢？她会认为我不是那个可以跟她分享三个房间的男人。也许她会起身，给那个谁叫什么名字的，给她的朋友写信。分享自己的心事。然后入睡……”他转过身。往上爬台阶时，又数了一遍。

午夜过后，又过了很久，他进家门前，在倪裳榻舍附近，他站在路中央。宽阔的马路上，除了他没有别人。站在电车轨道上，他解开裤裆撒尿。“还说我是她疯狂的恋人。我哪里疯狂？为了不要溅到裤腿上我就不能在有铁槽的地儿撒尿了吗？”

6

亲爱的B.：

你为什么说，“我喜欢没有海的小镇”，我弄不明白。但你的信中有我看得非常明白的地方。“他们称之为噶子诺[1]的娱乐园，树只有两种：棕榈树和松树。棕榈树前挂着一个牌子，上面写着‘四点以后家庭专场’。我第一次看到这个牌子时忍不住笑了，对这里的人感到同情。下午如果不下雨的话——大部分时候会下雨——我会和我嫂子在那里坐坐。每次离我们最近的松树下都有小镇里的一些年轻人。他们讨论些问题，主题电影什么的。我注意到所有的人都在针对同一个男孩。我喜欢那个男孩。其他人都眼馋地盯着我看，而他当我不存在似的态度让我很受吸引。我向嫂子打听他。他是谁家的儿子，我并不认识。他好像在读书。一个月以前病倒了，回到了小镇。很快会再次离开。他为什么不关注我？”这是你写的。亲爱的B.，别让他关注你。就是他关注了你，你也千万不要关注他。结局会让人伤心，你知道的。快对我说这句吧：现在知道伤心了，要是当初你没有理他该多好啊，是吧。我爱他，但是我也很伤心。今天从电影院出来，我们是从老街道走的。我给他指了我家的老房子。“不用等明天，我跟你在那个房子里立刻开始生活。”我希望他这么说。但我也知道他不会这么说的。一个星期前，他说过的一句话浮现在我的脑海：“男人厌倦了跑掉了，孩子们得白喉怎么办？”

① 噶子诺，吃饭、表演、音乐、游戏的综合娱乐园。

我们一过拐角，他就用言语攻击了几乎所有的家庭。他的内心充满黑暗。他认为没有一个倾听他的人，在城市里一幢幢逐渐满员的建筑里也没有一个快乐的人。“你为什么这么悲观？”我问他。“你为什么不悲观？”他说，“你看不见周围的人怎么样吗？”他的话有对的一方面，我明白。比如我们家的人……可是，我们，我跟他是有可能幸福的。他为什么不试着去理解我呢？再说，他是爱我的。在甜品店坐着时，在我毫无防备的一刻，“我想吻你的手，放在那儿。”他说。“你疯了？”我说。“我疯了，”他说，“让我吻到它。要不然我就起身自己去吻。”他那样热烈的眼神，让我害怕。他会那样做吗，他会。我伸手取他脸颊上的烟草屑时，让他吻了我的手。你了解吗，那一刻我心里有一种喜悦。要是他理解我，他也跟我有同样的憧憬该多好！……有一天，我告诉他扎维丹结婚的事情。他居然说“那他们就不再相爱了”！我很惊讶。“你见过真正相爱的两个人结婚吗？我没见过。”他说。他所说的相爱究竟是什么？很奇怪，不是吗？我不明白他想要什么。怎么可能有这样一个人，竟然不想得到一幢小房子、一个妻子、两个孩子的生活？嗯，我发现：从这个角度看，他跟你相像。“这些东西不够！”不也是你说过的话吗？

不要给我离开他寻求解脱的建议。我做不到。我做不到像你一样。就算是你，在某种程度上，也会为了同样的原因离开的，不是吗？我忘不了咱们告别那天你说的话：“人们以为可以把过去的一件事从脑子里挖出来扔掉。其实不可能。会留下像沉淀般的痕迹。最初的日子里我对于重新开始需要付出努力的认识是多么的不以为然！好像完全不需要嘛。但三个月后，昨天，当他一边走过我身旁，一边对他的朋友说，‘她的胸可紧了’的时候，我惊呆了。要是我不去大学的话，我就不会看见他，所以我要去那个小镇。”这些是你说的话。而我仍有希望，别看我又委屈又抱怨的。明天最后一节课我就会变得雀跃期待了。我会去咖啡馆窗玻璃前等他，我们会一起去爬坡。你看见了，我已经不坐电车回家了。每周三天，傍晚时分他都在芬德克勒的一家咖啡馆等我。其余四天的下午我们在贝伊奥路的一家甜品店见面。我每天都和他在一起。在他的身边，你完全不知道将会发生什么。今天，在走出甜品店时我以为他会带我回他家。上周，他说“去我家吧”，我退缩了，找了个理由没去。但是今天我想要去的。不过，“带我回你家”那句话我没能说出口。一时兴起，我们进了一家电影院。有一会儿，他像是要弄碎我的手似的紧紧地握着它。到了晚上，当我们在公寓的楼梯上告别时，他问：“你的手疼吗？”你知道吗？我差点儿去拥抱和亲吻他。我没能那么做。你觉得呢，他爱我，是不是？否则的话，今天在包厢那里他会那样地拥抱我吗？（这是第二个谎言，它破坏了我们对古莱尔所讲述事情的信任感。）

G.

7

服务员还是同一个，可是往桌子上放了三次报纸。也许只有他注意到了，空杯子被拿走了。最近几天，他不知道古莱尔什么时候会来。有时她来得早点儿，有时来得晚点儿；有时在他最意想不到的时候她会起身离开。他们聊天的时候，有时也会相互沉默。以前为了打破沉默，他们需要找点话题的时候从不会觉得紧张。难道说他在努力消除她家、她父亲在她心里的地位时，却让自己在她心里的地位降低吗？他很怀疑。他们之间没有什么问题是一个深深的拥抱解决不了的。可是这两个星期以来，他们却好像害怕失去什么东西似的，拥抱得太频繁了。他看了看对面的门，对自已说："这个门会被打开和关上三次，第四次进来的就会是她了。"第一次门开了，进来一个长着白胡须的男人。"是退役中校。"第二次门开了，进来的是一个手牵着孩子的女人。第三次进来的是一个少数民族学校的学生。从门里出去的人当中有她的可能性被他排除在外了。仿佛知道他在等古莱尔来似的，门一段时间没有任何动静。然后门开了，进来一个高个子的女人，穿着高跟鞋。“把跟弄断，用自己的脚走路才会更有女人味。这个女人难道不知道高跟鞋时尚是矮个子们的专利吗？个高人傻，他们说的没错。”高个女人看到他的目光，表情不善。“看出来了，在等个男人。坚挺的乳房，统治世界的圆球。来这儿的路上，谁知道为了让男人碰擦，特意把胳膊弯曲起来！女人为什么不愿意在人群中蹭擦别人？我们跟公狗似的。公狗们嗅啊嗅，我们揉搓摩擦……你们不是想要人类灭绝的吗，把男人身上的这个蹭擦欲望消灭掉，就搞定了！来这儿的路上，肯定有不少男人蹭过她了。我们的祖先是猴子的说法颇有道理，说中了！”

古莱尔，穿着协调的淡蓝与黑色衣服向他走来。他心里的喜悦浮现在脸上，看来人类仍然有救。他的喜悦也许只有服务员意识到了。没等坐稳她就开口了。

——你猜今天会发生什么事？她说。

——会发生什么？

——晚餐咱们一起吃。（他一下子没明白过来。心里暗道：难道她要带我去绿橄榄公寓吗？）想想看，今天我是自由的！我可以一直跟你待到午夜。

他的脑子里一个电影开场前撞锣类的声音响起，短促的一声“咚”。有一天叫她出去吃晚饭时，她回绝地说过：“一回家就吃不下饭了。我们家的人会看出来的”，“改天……”改天就是今天了。“一直到午夜！”

——你怎么让他们同意你出来的？

——别提了。真不好意思。今天早上在大学我跟麦莉哈约好了相互打掩护。我们跟家里人说要和同学一起庆祝。今晚我家人以为我在她家，她家人以为她在我家。十一点半我们去卡德柯伊码头接上她送她回家，她胆小。我不胆小，是不是？

——你也胆小。

他是开心的，但不是为了古莱尔，而是为把她塑造成这么一个胆怯的东西而开心，原本他因为她不得不“编造个什么理由”而对这些东西还挺生气的。古莱尔说：

——带我到一个远些的地方去。别让人看见。

——好吧。我们去博斯普鲁斯海峡。

——现在去吗？

——还早呢。

他们出门时他看了看，那个高个子女人已经不在了。他们先去了电影院，两个小时的湿漉漉的、疯狂的热吻。

空气很热。他并没有只抚摸她的腿。为什么每次来找他时她都带着双腿来呢？每次都是，当他爱抚和揉搓它们的欲望愈发强烈，手心发麻时，他的一只耳朵就会发麻。他就没法继续抚爱下去。和以往一样，在出租车开往博斯普鲁斯海峡的途中，古莱尔的腿叠在他的腿上。他没动，只希望路途赶快结束。

他们在萨勒耶尔[①]下车，走进伸进海峡的餐厅，这时天色已晚。餐厅里的灯已打开。餐桌大部分都还是空的。正在就餐的人在他们经过身边时都回过头来看他们。他选了靠海一角的餐桌，让古莱尔背对着这些人坐下，免得对他们的目光感到不舒服。要是有别的客人来坐他们这张桌子的话，他会拉上大城市里孤独之人熟知的“隐形窗帘”来隔离他们。他接过服务员递来的菜单。

——过一会儿再点菜。他说。

服务员走开了。古莱尔的局促不安似乎无法消除。安抚她只有一个方式。聊天也无济于事，可他还是开了口。

——别紧张，他说，如果你当作别人不存在，那他们就看不见你。这儿只有我们两个人。我们两个第一次一起共进晚餐。

① 萨勒耶尔（Sarıyer），伊斯坦布尔欧洲部分北边市区，东临博斯普鲁斯海峡，北临黑海 。

——对。他们没有在看我们吗？

——没有啊，他们在吃东西。我们吃什么？你有什么想吃的吗？

——我不知道。你吃什么，我就吃什么。

他叫来服务员。（他报的菜名里古莱尔记得的只有“两串烤剑鱼、两瓶啤酒、一小瓶卡瓦克里黛莱葡萄酒”。她不打算告诉他自己是第一次喝酒。后面一个女人笑了。）服务员把东西带来后就离开了，他们开始吃了起来。过了一会儿，

——千万别客气。你想吃龙虾吗？他说。

——哦，我总是忘了你很富有。

——我并不富有。我有钱。

——有区别吗？

——区别很大！

她明白了吗？还是因为不用刀就能吃鱼而开心？他拿起葡萄酒瓶，在两个杯子底部倒了一点点，再用啤酒加满。他的手紧绷，他很紧张。古莱尔接过杯子，抿了几口。鼻子皱了起来。这不是那天他在楼梯上时希望看到的那种褶皱的主人，“单纯，漂亮。她身上是不是没有我无法原谅的东西呢？”他拿起自己的那杯酒，一饮而尽。就算是喝啤酒，一杯之后，他就会想来根烟。拿出烟盒，

捏出来一支。身边的服务员点着一根火柴递了过来，他把火柴吹熄了。晃了晃左手里的火柴盒。

——我习惯自己点，他说，你给我们上两只龙虾来。

服务员俯身离开后，他把烟点燃了。古莱尔停下来盯着他。

——你伤他自尊心了。她说。

——没关系，伤不着。要是我就了他的火头，他会一直在我们身边转悠,我每点一根烟,他都会来打扰我们。你不喝点儿吗？不喜欢？（古莱尔把杯子放到嘴边。）慢点儿喝！

她不听，一口干掉了。开始使劲吃东西，嘴里鼓囊囊的。

——我太贪吃了，是不是？她说。

——是的。(他笑了。）你不紧张了吧？

——因为他们？只要你在我身边，我就胆气十足。这张桌子怎么这么大！我找不到你的膝盖了。

——把脚伸过来。

他们的脚在桌子下面纠缠在一起。这几个词单个用都有意义。大家分别叫作“膝盖”“脚”的,其实都是“腿”的一部分。不知道为什么，后来吃完龙虾，他又拿起葡萄酒瓶给古莱尔的杯子里一点儿一点儿地倒了一些。他的脑子里一个像是费亚兹的声音在说“再来点儿，再来点儿”，“再来。这点儿不够。再来，呃呵！”他停住手，已经半杯了。他又用啤酒把酒杯加满。剩下的葡萄酒他倒进自己的杯子，喝掉了。他又点燃了一根烟。一艘灯光闪烁的渡轮从他们身边经过。

——看，渡轮。

他没有看渡轮。渡轮在他身后消失了。在对岸，有一道比别的地方都要耀眼的灯光瞬间熄灭。他扔掉烟头，看看她。他先瞥见她的杯子，是空的。

——怎么全喝了，没留下一点儿！

——我渴了。你为什么不看着我？

今晚她的睫毛好像格外长。他笑了。

——我在看啊。他说。

——哦，你总笑着该多好！（她踩了他的脚一下。）你的脸一板，我就怕。多笑笑，好吗？拜托！

他伸手拿烟盒。

——给你也来一根？

——拿来。

他先给她点着烟，然后给自己点着。古莱尔咳嗽了起来。

——今晚我是书上写的那种坏女人，她说。可是你知道吗，我感觉好得不能再好了！这片海域，这些灯！噢，我们每天晚上都来这里吧。

——你是不是把你的父亲给忘记了？

——这会儿我什么都不怕。我爸，家里，孩子们！我的眼前什么都没有。只有你一个人。我是你的。要了我吧。

再一次地，他听到脑子里断断续续的锣鸣声。在糕点店，当她坐在他对面说“我一直和你待到午夜”的时候，他也根本预料不到会听到这句话的吗？也许他曾经希望过在另外的场合能听到，在没有酒精帮助的情况下。但他无法骗自己。头脑里那短暂的轰鸣过程中，同时闪现的难道不是费亚兹的话吗：“女人太容易喝醉了！只要一喝醉，她们就……”女人为什么容易喝醉，他自己好像没跟她们喝过似的，还一定要借费亚兹的话才会明白吗？他无法确定。他发自内心地说：“我就是这种人！”可他并没有随之而释然。古莱尔看着他，说：“为什么今晚你的睫毛好长，眼睛好小？是因为香烟的烟雾笼罩吗？还是因为……湛蓝的颜色。唉！我就是这种人。”他抽回自己的脚。把烟头按入烟灰缸时，手烫着了。

——你醉了。他说。

——一点儿也没醉！我想要你。快来，要了我吧！

坐在服务员叫的出租车上返回的时候，他对自己很不满意。服务员打开出租车门俯身的时候，他给了十个库鲁士的小费。他是抓着纸币的一角递过去的。“——带我回你家。再也不要离开我。”离开餐馆时，古莱尔挽着他的胳膊，如同任何一个美丽女人走出这类场所的样子，优雅缓慢地走了出来。但是现在她抱着头，蜷缩成一团地躺着。“吐一下，醒过来，就好了！”在他们身下，车轮橡胶和沥青路摩擦的声音好像是它们之间不断的耳语交流。“在沥青路上呕吐，二十世纪的大作。坚实牢固的尼龙，霓虹灯织成的白昼……”我们正驶向那昏暗、湛蓝的灯光。“果酱成形了就拿下来。”阿姨跟那个女人曾这么说过。“泽赫拉，你的腿真美！……”我的耳朵！今晚我要吻你的腿，你知道的。果酱成熟了，一会儿我就会把你拿下来……

——我冷。

他们正经过伊斯汀耶[①]。他脱下外衣，盖在她身上。古莱尔更紧地窝进他怀里。她紧贴的地方，他的小腹火热。他抚摸着她的脖颈和头发。“吐一下，醒过来，就好了！”

① 伊斯汀耶（İstinye），伊斯坦布尔欧洲部分海峡景色最佳的海边街区之一，隶属于萨勒耶尔区，以各种海鲜餐厅及咖啡馆著称，是周末海边散步的热门地段之一。

他对自己很不满意。

在希什利[①]他扶起她。

——我们到了。他说。

——哦，我好放松哦！我的头在旋转。

——你突然直起身，所以会头晕。一会儿就好了。

他让车停在街道口。数也没数，把钱给司机。他以为走走路她就会清醒过来。因此没有把外衣搭在她的肩膀上，而是自己穿上了。古莱尔靠着他的胳膊，他们一起往前走。登上楼梯，他打开门。门关上了，他伸出手，在黑暗中寻找开关时，碰上了她的头发，手颤抖起来。他们突然拥抱在一起。在嘴唇相触前短暂的寻觅期间，他觉得自己本不想要这样的。他本想把灯打开，本想告诉她洗脸池在哪，他本希望她洗完脸，就会清醒过来。“她的眼睛还是闭着的吗？我像是掉到黑漆漆的井里似的，不知在做什么。”他拉开她，把灯打开。

——来。他说。

他打开卧室，拧开灯的开关。古莱尔，走进去，把门关上。在强烈的灯光下，他们相互对视。那天他终于第一次感到放松：古莱尔的睫毛变短了，眼睛变大了。

① 希什利（Şişli），伊斯坦布尔欧洲部分中心区，东邻贝西克塔斯区，南邻贝伊奥路区。

这双眼睛打量着墙壁、窗户、两把椅子和地毯，最后停留在床架上。“她已经能观察环境了。现在我可没什么罪过了。”她坐在床沿。

——你觉得我的房间怎么样？

——跟我想的不一样…… 这床……（她脸红了。）我还以为会更宽大呢。

他满意地看着她脸红。如果要发生什么，那也得是在没有葡萄酒的情况下。他走过去，坐在她身边。他用手环住古莱尔的肩膀时，她颤抖了起来。他正要说“你个胆小鬼”，又克制住了没说。也许说了会是一种刺激，她为了表现自己不胆怯，而做出心里不想、不是发自内心的事来。他用手扳过她的脸，凑近她的嘴唇。这个吻里缺了点儿什么东西。以往他们接吻的时候，她的双唇间有一种很温柔的哼吟，仿佛在吟唱无声的小调。然后是她的双眼……为什么没有紧闭？她的左眼睁着。眼神里有一种很奇怪的紧张，没有在注视着他，注视着别的什么东西发呆。古莱尔把头仰开。

——窗户，她说，是开着的！

他站起身。关窗时他想起了阿伊榭：躺上长榻之前，总是先锁门。他拉上窗帘。古莱尔好像累了似的，半依半坐着。手伸到额头，把头发往后撩了撩。用一种和平常不同的奇怪声音说：

——我需要把衣服脱掉的，对不对？她问。

——要不我出去，你想的话。

——哎，不用！可是这个灯光……

他走过去，把开关旋转了两次。房间暗了下来，笼罩在蓝色的灯光之下。房里的一切，因为有古莱尔身处其间而显得不同寻常。床变大了。他的胸中升起一股抑制不住的拥抱欲望，张开怀抱靠近她，可他没能拥住她。古莱尔恳求着说道：

——转过身去，好不好嘛！

他转过身。对面墙壁上的《裸体》画还挂着。“湛蓝，昏暗。一会儿，她也会像这样赤裸着。不对，她是活生生的，从肉体到头发。她会滑入被子里，闻到我的味道。她知道被子会掉到地上去。每次都是，被子不掉到地上是不可能的。我为什么总是原谅她呢？”在他身后，他听到布料的窸窣声。“这个是脱裙子的声音。现在，她的双腿裸露。最重要的就是我可以吻她的腿了，你知道的。只要我吻着了，就好了。你再也不能从这里离开了。只要我吻着了，就好了。”在他身后，又是一阵布料的窸窣声。“好了，是不是？床是实心的，不会吱吱作响。你钻进被窝了吗？怎么不叫我？”身后的抽泣声让他一下子转过身来。古莱尔，穿戴整齐，坐在床边，脸捂在手里，哭泣着。他脸上的红潮慢慢退去，走近她。他一坐到身边，古莱尔就拥抱住他的手。带着哭腔：

——我做不到。她说。不行。可是我是爱你的，我知道。但我做不到。为什么？为什么不行呢？

他本该说“因为我没有帮你”，但他没说。“你脱衣服的时候，心里想的是：你父亲知道了，会如何惊讶，会如何对别人解释。如果我现在抱你上床，亲吻、爱抚你的肌肤，向你耳语你想听的情话，哄着你，你就会忘了一切。可我不想这样。我让你喝了半杯酒而自责的样子你见过的。在这个蓝色的空间里，我们的肉体却无法做爱。因为你心里的声音一直存在，就算是在这个不漏光的房间里，都有别的人跟我们在一起。但是有一天，你会摆脱自己的父亲和别人，来到这里。那时我们在耀眼的灯光下，脱了衣服，敞开窗户尽情做爱。我不急，你知道的。”他吻了吻怀里她的头发。

——没关系的。他说。别哭了。

——在餐厅那会儿，多容易！现在我为什么做不到？

他又吻了吻她的头发。“下出租车后，你再喝一杯就好了，这会儿早就什么都做完了。”

——我们太着急了。他说。我们总是过于着急。别哭了，来，先洗洗脸。

他们在卡德柯伊码头等麦莉哈，他以为等的是一个金发，长脸，化了妆的女孩。见面时，他认了出来。是叫出古莱尔的名字让他听到的那个女孩。先把女孩送回去，然后把古莱尔送回家，最后在回自己家的路上，他问司机：

——不知道蚂蚁群出来没有？

——不知道，先生，我没看见。

回到家里，打开卧室门，里面仍然是满屋的湛蓝灯光。耸耸鼻子，嗅了嗅空气。好像有他讨厌的气味似的，走过去把窗户打开。脱了衣服。刷完牙，洗完脚，钻入被窝时，他说：“她今晚不会再以为我的床‘更宽大’了。”

随后两天他们的约会，只是一起快速散步而已。第二天傍晚，他们约好去米尔衮的星期天巴扎。古莱尔星期六不出家门。他明白：这是为了周日顺利出门，而提前给家里人的一种交换式的安慰。

星期天开始得很顺利。在渡轮上，即使是被包围在周末游玩的人群中，他们仍然觉得很放松。他用缓慢的声音向她夸张地描述着这些以为自己必须娱乐的人可能会做的各种荒谬举动，逗得她不时笑出声来。在米尔衮下船后，他们吃了面饼烤肉。在巨大的梧桐树下喝茶。

——想想这是世界上最大的梧桐树，我就很开心。他说。你想不想让我带你去看世界上最小的海？

——带我去。

他们登上伊斯玛伊·帕夏庄园[①]山顶时，他握住了她的手。

——从这儿往下看。

在那里，他们所站的地方三面是灌木，晚春茂密的绿叶环绕四周。从他们面前向下俯瞰，是狭长的海峡。他握着她的手坐下来。她光裸的腿就在他的脸旁。双腿光滑动人。“我亲它一下怎么样呢！”古莱尔仍然凝视着大海。他拉住她，让她俯向自己。把她的头拉向自己胸前，亲吻她的双唇。她的双眼仍然睁着。他反复蹂躏着她的唇，却不知为什么依然没能让她闭上双眼。他的心一沉。她的双唇虚弱无力。他们之间产生了一个甚至能改变亲吻的东西。那是什么呢？也许只有那个服务员知道。他把她的头拉开，拥入怀中。

——我们是怎么了？他问。

古莱尔的目光中隐含委屈。

——没有怎么。我刚才在想在我之前你带谁来过这里。

① 伊斯玛伊·帕夏庄园（İsmail Paşa korusu），伊斯坦布尔亚洲区北部俯瞰海峡和全城的观景胜地，位于亚洲区北端贝伊科兹区（Beykoz）。

他心里有种受伤的感觉。他不会告诉她说，这里他只是独自来过，就算说了，她会信吗？“那我呢！她要是告诉我说在我之前没有任何人亲吻过她的双唇，我会相信吗？难道是因为我们没法完全信任对方才会变成这样？”他抬眼看见对面有两个男人朝他们走来，他们穿得一模一样，好像是兄弟。他的心里又是一沉。

——古莱尔，他说，下面有两个人过来了。（他按住她想抬起来的头。）别起身，仔细听我说，我保证你不会听到什么不好的事情的。千万不要害怕，我一开始打起来，你就往下跑，别害怕。（古莱尔的脸色煞白。）在码头上等我。千万不要告诉任何人。要不然我们就得整晚被困在派出所里。

两个男人在二十步远的地方停下脚步。其中一个对右边的同伴说：

——老乡，艳福啊。让我们也享一下这福怎么样？

他像是在等这句话似的，心反而定了下来。他只是遗憾他们没长胡子。他左手握住古莱尔的秀发。

——说话小心点，这个女孩是我的恋人。他说。

——瞧瞧，瞧瞧！我们又不会把她吞了，老乡，她还是你的。

右面的那个家伙长着圆脸。两个家伙笑了起来。牙齿结实，嗜血的两个年轻浑蛋。一个很矮，一个挺高。他松开手中的秀发。他们直起身来时，他瞥见古莱尔的脸，眼神晦暗，光滑却丑陋。他觉得这可能是最后一次见到这张面容了。他朝他们走去。“这俩浑蛋可别溜了。”他的脑子以惊人的速度运转着。那两人都动起手来。

——等一下。他说。（“我是不是再往前跨一步？”）如果你们愿意问她……

他用鞋尖踢上右边那个家伙的胫骨。俯身时，还伸出拳头使出全身的力气打那个家伙的脸。他听到一道短促的骨裂声。他突然看见古莱尔正在朝斜坡下跑。“可别摔倒了！”被击中的家伙狂叫了一声“呜……”，瘫倒在同伴脚下。这是他脑子里设计好的顺序。他故意把右边的那个家伙揍倒在同伴面前。这样，另一个家伙要发起攻击的话，会因为同伴瘫倒的身体而受到阻碍，那时，他就可以从左边撂倒第二个家伙了。可是，他错了。第二个家伙转身朝山坡下跑去。他以为那家伙去追古莱尔了。就从躺倒在地的家伙身上跳过，几个跳跃追上那家伙。面前摇晃着的家伙，新剃了胡须，颈背泛红，他一拳击中颈背。那家伙被击倒在地，蜷缩着身子，哭了起来。

——起来。他说。

他踢了一脚。那家伙还是没有起身。他揪着那家伙背后的衣领，把他提起来。拖到他的同伴身旁。

——我们有眼无珠，大哥，饶了……

这个家伙怎么还不闭嘴？他一拳击中他的耳根。这个家伙跌倒在躺在地上的同伴身旁，现在两个都安静了。远处传来渡轮的汽笛声。他紧张的神经松弛下来。他的手很痛，精疲力尽。这个他生活着的肮脏的世界，对那些他所作所为的一切原因，他都感到愤恨。大哭一场怎么样！可是他哭不出来！甚至在他的耳朵被撕裂的那一刻，他都没能哭出来。

他向山下走去。“她还是你的。两个浑蛋竟然还笑！要是没看见他们的牙齿，说不定我也不会动手。我们就和公狗一样。”他穿过树林来到大路上。“光滑而丑陋的面容。哎，她的双眼！睁得大大的，冰冷的眼神。永远留在我记忆里的就是她的这副表情吗？她再也不会来见我了。”他走得很慢，反正没有什么急事。他看到渡轮离开码头。“她就是坐这班渡轮离开的，我知道。要不然我怎么会说是最后一次见到她？好。今晚她会把发生的事情写给自己的朋友。她会说‘我离开他了！’‘谁跟他在一起，谁就会遇到可怕至极的倒霉事。’好，离开就离开吧。以后哪天在三间房子的家里郁闷的时候，不会想我吗？真可惜。”

走进渡轮等候厅后，他没有看厅里的几个人是谁。他认定，她已经走了。他坐到一个座位上，伸长腿。手很痛。他看了看，右手背流血了。

夏季

1

他看见了带着铁栅栏的花园门顶部生锈锡铁上的编号。律师曾说过，“——如果您找不到的话就问一下纳吉叶女士的小房子，问谁谁都会指给您看的。”他扭头对在他身后等待的司机说：

——就是这里。

司机打开车后盖拿出行李放到他的身边。

——要我拿进去吗？

——不用，我自己拿。

座椅上司机以为是窗玻璃的那个东西却是一个扁平、四角形、被粗绳子系住的一个包。他用另一只手付了车费。车头所对的方向，街道的尽头可以看见海峡。他出汗了，背部发痒。把门闩按下去推开门时，铁门在吱呀声中缓缓打开。如果听见有人和纳吉叶女士说话的话，他知道自己也会从她的声音中去找寻这种吱呀声。再说了，为什么不叫“我们的纳吉叶女士”而要叫“纳吉叶女士”？他提着行李往前走。嫩绿的彩绘木结构，高大的树木环绕下，房屋显得比实际小。房屋是木质的，房檐很长。他从口袋里取出钥匙打开门走进去，闻到一种隐隐约约的陈旧的树脂味。里面很凉爽。大厅里，两边都挂着窗帘，大窗户采光很好。中间还有一张桌子，被五颜六色的桌布覆盖。桌子上有一只空瓷瓶。这里就是纳吉叶女士的小房子了。他问律师："——那她还有一座大房子咯？""—— 是的。她把它当作家庭旅馆在经营。"

他把手中的东西放下，参观房间。他看了客厅，两间卧室，厨房和浴室。打开灯和水龙头检查了一下。他打开厕所门把那儿也试用了一下。所有的窗户外层都装了纱窗，窗帘都是棕色亚麻布。房子很好，令人愉快，不过房间里的家具好像太多显得太拥挤，尤其是摆着长榻、椅子、桌子和茶几的客厅…… 昨天晚上律师说："我连家具一起租了，因为好像没有别的地方可放了。明天您拎着行李就可以入住。"

十天前，他从米尔衮返回家中的晚上叫来了律师，跟律师说这个夏天，苏阿迪耶[①]也好，扎德保斯坦[②]也好，

① 苏阿迪耶（Suadiye），伊斯坦布尔亚洲部分卡德柯伊区一个精品住宅街区。

② 扎德保斯坦（Caddebostan），伊斯坦布尔亚洲部分卡德柯伊区一个沿海峡精品住宅街区。

他想在那儿的一个地方避暑。租用的房子不要离海太远。“—— 可惜了那些钱，”律师的脸色不太好，“我们还没把赫伊贝利岛[①]上的房子退了呢。”“—— 好了，要不这个夏天你们带着孩子住那儿呗。”听到他这么一说，他看到——也许他看错了——律师的耳朵瞬间抖了一下。他常常认为人的脑袋上最丑陋的地方就是耳朵，特别是从背后看耳朵，形状是多么的可笑！大家明白，耳朵是为了人们能听见才存在的。但是难道就不能是别的形状了吗？别的什么形状呢？他也不知道。最好是人被创造出来的时候就没有耳朵。那样的话，也许人就会通过面部皮肤来听，或者像昆虫一样通过毛须来听…… 也就是说，律师的耳朵有双重的任务：一个是听，另一个是对爱听的话表示出喜爱来。他搔搔耳朵。

他走进右边的卧室。从房间唯一的窗口可以看到后面有一座一半被树丛遮挡的两层楼房子。与他的熟人长得很像的一个女人从房子拐角转了个弯就不见了。他把里面的两个巨大的沙发搬到客厅，在宽阔的床上坐了坐就站起身。很好。在一翻身就吱吱作响的床褥上他是睡不着的。衣柜在门后，靠近窗户的角落有一张带着镜子

① 赫伊贝利（Heybeli），土耳其马尔马拉海王子岛屿之一，度假胜地。

的桌子，他本想把它也搬出去的，但他不知道该往哪里放。谁知道在他之前都有些什么人在这里住过！人在自己住过的地方人不留下一点儿痕迹就离开是不可能的。突然，他觉得自己以前好像曾经有一次有过同样的想法。是在哪里呢，他实在想不起来。关上抽屉，他把发夹扔到大厅的花瓶里。行李箱和扁包他拿进房间，把包扔在床上。（司机认错了，如果是玻璃的话早就碎了。）打开行李箱，他把两条亚麻长裤挂在衣柜里，把衣物在下面摆放好，再把一些书在桌子上依序排列好。他的一只眼睛注意到了刮胡用具和牙刷。他用脚把空箱子一点儿一点儿推着塞到床底下，又把面前的扁包拿起来，把线绳弄断。包裹的纸撕裂开，两幅画露了出来：《裸体》和《下午茶》。在他们公寓里数以百计的画作中他为什么挑了这两幅带来？他没有花钱就获得的画作只有这两幅，是因为这个原因吗？也许吧……不知道凯玛尔从法国回来了没有？他还记得，那天在画室里，他说："——这幅画我要了。""——拿去！"然后，看到他把手伸进里边的口袋里，凯玛尔朝他走过来，"——伙计，你怎么老改不了呢，"凯玛尔说，"你总是给钱才能买个安心。画儿你喜欢的话就拿走。你的钱在别处显摆我管不着！"他笑了。没错。三年了他都是这样没变过。十天前他对律师说："——我不心疼钱，她们要多少我都给，只要租个能让我放松的房子就行。”

他把画挂在嵌在对面墙上的钉子上。钉子下油漆部分的四个角有些发白。这里之前挂的是什么画？ 是“维塔”[①]的赠品日历吗？阿伊榭画的画该挂在哪儿呢？难道要挂在那糟糕的客厅里？他不忍心。他开始到处找钉子。最后，他把花瓶里的发卡放在两个木条之间，把第二幅画挂在第一幅的旁边。两幅画并排比邻的效果如何他没看。他出汗了，想下海。他脱了衣服，换上泳衣，短裤和衬衫。他拿起夹克，把烟、火柴和钥匙挪到裤子口袋里。拿钱出来的时候他犹豫了一下。他取出一点点钱放进后裤袋内，剩下的夹在桌子上的一本书中。从镜子里看到自己的举动丑兮兮的样子，他吐了吐舌头。他突然皱起了眉头，朝着镜子里的男人躬身说：

——成了，纳吉叶女士的尊敬的租户。

外面很热。发现海滩人不多，这让他很欣喜，但他没在海里待多久。他怕自己跟去年一样，肩膀被晒伤后许多天都没法下水。一个小时后，他回到家，脱光衣服睡下。他想着要看对面的房子在树叶掩映之间的一扇窗

① 维塔（Vita），土耳其二十世纪五十年代流行的黄油品牌。

户，一边想着，眼皮却越来越沉。右手觉得一阵痒。他一看，手上一个小痂的边缘有一只苍蝇。他眼睁睁地看着苍蝇飞走。苍蝇飞到《下午茶》画作上丰盛的一个吃食上。“看这个狡猾的坏蛋,现在要把神的食物弄脏吗？”他一边咯咯地笑着，一边走过去从两边用双手合击把苍蝇在空中拍死。他躺上床睡着了。在梦里，他和古莱尔在温暖的海水中游泳，她的面容不是他最后一次见到的那样。

傍晚，在拥挤的人群中行走于柏油路上时，他为什么好像有种疑惑的感觉？中午人少的情况是短暂的，难道他不知道吗？这里是类似其他“避暑”胜地的一个地方。有下班的，晚上来散步——不，来蹭擦——的人，穿着难看衬衫的小伙子，穿着短裤骑自行车的女孩子，眼神敏捷探寻八卦的人，所有这些人似乎都对汽车喇叭声、自行车铃声、口哨的噪声感到欣喜。他心里开始感到一种阴郁。他在这里是在找寻谁呢？也许在旁边街道的一座房子里有个人在窗边伤心而疲惫地等待着他的到来。“我不找了。我饿了，要去吃饭。”附近一阵阵刺耳的铃声穿过人行道逼近，他转头去看。自行车上的女孩长得很端正，腿上没有毛。经过他身边时，女孩对自己的恶作剧很得意，冲着他吐了吐舌头，加快了速度。“还嫩着呢，但是只母狗！”右边有一些店铺，他一边看着招牌一边走过去。他走进一家写着“餐馆”字样的门厅，很拥挤。他身旁坐着的老人的鼻尖有一颗痘。他向服务员点了鱼和啤酒，拉上那“隐形窗帘”，陷入自己的世界。

饭后，下海的时候，一个落户在街角的年轻而且完全健康的乞丐伸手向他乞讨，他把所剩的五个里拉都给了乞丐。乞丐在他身后喊：

——先生。

他返身回去。乞丐给他看那张钱。

——您给的是五里拉。

——好啦，拿去吃东西吧！

他走开了。乞丐的表情取悦了他，他窃笑起来。打算明天晚上再给乞丐一个波纹边的库鲁士，乞丐就永远不会忘记了。事实上，如果没有这类无伤大雅的玩笑，人怎么可能生活在这个世界上？从他面前经过的女人，以为他是在笑她还是什么，愤愤地瞪着他。他的愉悦消失了。“走吧。又不是没经历过。”他停了下来。“不下海了？以后吧。”他回头跟在女人的身后走。她那无袖衣服上花的颜色他没想出来怎么描述。在夏季，好像傍晚还没过呢夜晚就降临了。在他前面十步之遥的女人——“还是女孩呢？没穿袜子……”——转过头看了看他。她走路的样子似乎有了些改变。过了一会儿拐进另一条街道时又看了他一眼。这条街上的路灯笼罩在成排的树下，并不亮，很暗淡。他闻得到缠绕在花园栅栏门上的金银花的香味。女人在一棵树下站住转向他。

他希望看到的不就是这个吗？对他愤愤地瞪视不过是做作，是他早已习惯的一种傲慢的表示，好像他以前不知道，为了再次求证所以跟在了她的身后，不是吗？既然如此，那么他为什么要走近她？他不知道。女人问：

——您没有别的事情可做了吗？

——没有，我是个游荡者。

她轻笑起来。她尖翘的鼻子像一个他认识的人。

——这儿离我家很近，她说，请您现在就离开，而且我已经订婚了。

为了展示自己的戒指她把手伸向他。他顺势抓住她的手握住不放。

——我很高兴，他说，我刚还在害怕你会说已经结婚了。

他握在掌心里的手挣扎在“留下来，还是缩回去”的纠结之间。她的双唇掩映在黑暗中，他知道，如果有人路过她就会退缩。于是他把女孩的后背推靠在树干上，朝她俯过身去。

——您在做什么？啊，会有人看……

他用双唇覆盖住她的嘴。他先是闻到了口红的气味。薄薄的布料下她的胸坚挺。女孩的嘴唇开始肿胀，身体开始软化。“就是为了这个，我走近她的，为了再次品味到肉体的软化。”突然，他脑海里浮现出古莱尔的面容，女孩看起来像她。蓝色的眼睛，如果鼻子够漂亮的话就会更像了。他抽开身。两人的身体一分开，他就如逃跑一般离开了。转过拐角，他用手中的汗水擦了擦嘴唇，闻了闻，有口红的气味。他不喜欢。他吐了口口水，点燃了一支烟。他看到有人在岸边附近的街道上，大多数是女人。她们在摇椅中摇摆着，从屋里出来，进入房子里。世界上女人的数量比必要的多。

他在一个没有人的沙滩匆忙脱掉衣服跳入大海，一直游到筋疲力尽。岸上一个扬声器里传来哀怨的女人歌声，但声音所唱的歌曲不再让他感到紧张。海水凉了。他朝岸边游过去时想到裤子和衬衫有可能被偷走。他并不介意，反正躺在沙滩上，手脚干了就可以回家了。出了水面，他在留下衣裤的地方找到了它们。

回家的时候，他买了十包烟和一整包火柴。打开房间里的灯。把手里的东西放进床下的空箱子里。他环顾四周，没有。客厅里也找了，也没有。有无数件无关紧要的家具，却为什么没有最必要的，一个烟灰缸。女人也是如此。世界上的女人数量比必要的多，却唯独没有那一个。他把客厅里的花瓶拿到床边放下，把灯关掉。他把枕头摆靠在背后，点燃了一支烟。树叶间隙透出对面窗户的灯光。他的眼睛盯着那里，连续吸了三根烟。窗口灯熄了，他把手里的烟头扔进花瓶睡了。

三天后，快早上十点了，他走近沙滩时，发现海里、沙滩上挤满了人。今天可能是星期天。难道说他又对哪天是星期几开始关注起来了？这个星期天他可以挤在人群中下海。他做不到的，是和人们一起躺在海滩上。其实，他最爱的就是像一株沙漠植物一般，舒服自在地躺在炎热的沙子上。他一回身竟然看见了萨米，很惊讶。萨米身旁有个女孩。萨米跑了过来：

——喂，老兄！他说。你居然在这里！你怎么也不来画室了？去沙滩吗？

——不，我要走了。

萨米指了指女孩说：

——这是B.。(要是介绍成“我的姐姐”的话，他跟她可能就相识了。萨米不知是因为自己小了两岁，还是因为男孩子的淘气，不叫姐姐，只是叫作B.。他同她握了握手，并不知道对方是谁。)

她的眼睛是蓝色的。“她为什么那样看着我？是怕我破坏他们的好心情吗？”萨米问：

——你跟我们一起去海滩，是吗？

——不了，我感觉不舒服。哪天我会去画室的。

——我等着你来，我想给你看一幅画。

他走了。“画家们的画作买家……这个男孩还不知道我已经不再买画了。”他走进一家餐馆。脸色并不好。因为经常在这里就餐，他担心会被他们当成“熟客”。连续三天他想游泳的时候就去游泳，在沙滩上躺着，在街上游荡，想睡就睡。只有夜晚没有变化。每晚都靠着枕头，望着对面的窗帘，不停地抽着烟，直到窗内熄了灯。从餐馆出来，他进了房间关上门。先是看书，然后就睡觉。

黄昏时分，海面人少了，天色渐暗，他惬意地游着泳。在一瞬间向后仰倒，像海面上没有生气的海藻似的漂浮着。他望向天空。（请不用害怕，我不喜欢哲学。）“奈——杰——瑞！”岸上女人的呼喊声，无法忍受的沉闷天气，这个景象让他渴望一间温暖的、有张大床的房间。“奈——杰——瑞！”水下的身体像是感到水变凉似的颤抖起来。他突然想到，他忘了给那个拐角处乞丐一个波纹边的库鲁士。

2

米尔衮的山上，他正与那两个男人再次打架时，他醒来了。有人敲门，会是谁呢？他看着手上：一点儿伤口的痕迹都看不出来了。也许是来收水费的。他穿上拖鞋，扣上睡衣前面的扣眼，去开门。是个有点儿衰老，脸上粗糙的女人。他没想到世界上居然有这么干瘪的女人。

——打扰您了，她说，我来给房间打扫灰尘。

——还没有什么灰尘。你下周来吧。

——纳吉叶女士……

他砰的一声关上门。“让纳吉叶女士的脖子被拧断算了。原来女佣也有长得丑的！”一边走，他一边又转过身。再次打开门，女人还站在那里。

——来吧，他说，不过别跟我提起纳吉叶女士。

他走近厕所。“老太婆，想保证自己亲爱的家具是干净的。”他头脑里描绘出一个长着大脑袋，脸颊松弛，拔了眉毛的，即便夏天，也穿着长袖立领黑色衣服，仍然在哀悼“亡夫”的女人形象。

穿上衬衣正要离开房间时他又返回来，靠近放着书籍的桌子。镜子里那个纳吉叶女士的租户正鬼鬼祟祟地看着他。他把心里记着的书原封不动地放下就离开了，走向客厅里打扫的女人，往五颜六色的桌布上放下十里拉。

——这是给你的。他说。

花园门已不再像第一天那样吱吱呀呀响得那么厉害了。“你总是用钱买个安心！那要我怎么做呀？人最容易理解可不就是钱的语言吗？伊兹密尔[①]人是怎么说的？‘我们活得很糟糕，糟糕。’一般他们会偷东西的。”他想着的是卡厄兹曼[②]的室友。

之后，他从海里出来躺到沙滩上，微风拂过他双腿上的毛发。皮肤颜色越深这些毛发反而好像变浅了似的。他用脚跟刨着沙子。身下很凉爽。他转过头，对从右边过来的人微笑。远处有两个孩子，一个男孩和一个女孩，在玩一个特别大的红绿色的球。在他们背后，一个穿着衣服的老人——应该是孩子们的爷爷——在红色条纹的遮阳伞下坐着看报纸。他无法理解的关于人的一件事就是看报纸。他们为什么觉得有必要每天早上看各种阴暗的东西让自己心情低落？他可以理解足球迷的狂热。“那些其他人呢？这座城市里有成千上万份报纸被卖出去。

① 伊兹密尔（İzmir），土耳其西部爱琴海沿岸港口省份，首府城市也叫伊兹密尔，是土耳其第三大都市。

② 卡厄兹曼（Kağızman），土耳其东部卡尔斯省（Kars）的一个县。

比如，这个老头！难道是为了看见《法提赫两套房子发生火灾》的标题时，‘幸好那里没有我的房子’这样的想法可能带来的安慰才看报纸的吗？《一个男人杀死了自己的妻子》——‘还好把她杀了。谁知道她有多么没有廉耻。’《某国的叛乱》——‘让它倒霉,让他们自相残杀。别让他们来惹我们就行！’这里所说的‘我们’其实更多是‘我’的意味，不是吗？‘我，我的，对我，为我！’每个人都只念着‘我’。为了不让孩子们溺水，他们把老人派到这里来。女儿还是儿媳妇呢？她们的爸爸在上班，晚上才回家。‘奈——吉——瑞——看，你爸爸来了。’这个女孩长大了会和她妈妈一个样子。小腿白皙，红色高跟鞋……数以百万计的女人之一。太可怕了！……数百万的女人……她们当中的唯一那一个！哎，这屁股大，腿根粗的孩子呢？人们的未来是由身体和脸部的模样决定的。瞧，好比这个老人。为什么不脱掉裤子？要么没有腿毛，要么青筋爆起。腿根粗的孩子……上学的时候同学们会嘲笑他的。不想表现出自己的难过。到了晚上，躲在被子下偷偷地哭泣。他会厌弃人们。长大以后，在女人面前会畏缩，以为她们会嘲笑自己的臀部。能做什么工作呢？粗腿根嘛，得是一种坐着干的工作。可以是数数字的工作。银行经理。要是他上不了学呢？做票房的售票员？裁缝。”他没法给这个孩子找到合适的一种工作。孩子太虚弱，也不可能成为游荡者。游荡是世界上最困难的工作。他想到了结局：从学校毕业那年，孩子死于第三次世界大战。

他向左边转过头。二十步远之外，黝黑而美丽的一条腿努力地弯曲又伸直，把收集起来的沙子堆在另一只脚上。脚变小了，越来越小，消失了。女人的腿一时找不到别的可做之事似的，消停了一会儿。他的呼吸加快了，鼻子闻到附近沙蚌壳的味道。他搔搔耳朵。这个女人为什么不下海？忽然她脚上埋着的沙子开始向下滑。她的脚趾头，好比从窝里钻出来见到光亮的鼹鼠幼崽一样显得迷惑娇憨，她四处张望。女人，抖了抖脚，从头开始又玩了一遍这个游戏。最后，她把沙堆抖散，伸展双腿。双腿好像有些紧张。是因为意识到有人在看着它们吗？他无法把目光从这双腿上移开。整个沙滩都弥漫着沙蚌壳的气味。接着女人站了起来。“她要走了。好，下海去……”双腿却走近了他。吹拂在毛发间的清风他已感受不到了。那双腿在他附近立定。他的双眼沿着蓝色的泳衣移到她的脸庞。是阿伊榭。

——你为什么不到我的身旁来？

这是一个紧张的声音。走过去坐下来的时候他既惊讶又羞愧。“我没认出你来。只看见了你的双腿”这句话他说不出口。就算他想说也实在无能为力。紧绷的肺部没有足够的空气支撑他把这句话说出来。

——因为你害怕了，是吗？

这是一个生硬的声音。他身后的孩子们笑了起来。“这么由衷的笑声只有孩子们才能发出来。还有疯子们……以前我的头曾经躺在这双腿上。”他以为自己穿着衣服，把手伸向口袋。他想抽烟。总是这样的。最需要的东西总在最必要的那一刻得不到。

——不用怕，我马上就走。我来是为了告诉你我弄明白了的事。我知道你明白我并没有背叛你。当你在街上看见我跟塞利姆在一起时你可能以为我背叛了你，但是你之后想了想就明白了。你并不是分辨不清的人，但你还是再也没来，因为你害怕了。那天在你看见我便脸色苍白之后，你怕再次出现在我面前因那瞬间的误解而引起的麻烦。可是你知道吗，我是怎么等待着你的到来的！在画室，电影院门口……

这是一个颤抖的声音。“从某个角度看，也有道理。我们所有的人都是懦夫。因为害怕所以爱恋，因为害怕所以生活，因为恐惧而成为侩子手。最糟糕的就是害怕那瞬间引起的麻烦。但只有这个原因吗？那躺上长榻时要把门锁上的……”

——然后你明知道夜晚在画室找不到我就偏在那个时间来。你想要从对我的思念中解脱出来，不是吗？既然如此，你解脱了吗？

这是一个他熟悉的声音。“这才是她的声音。”他胸口的重压消除了，深深地呼吸了一下。

——没有，他说，你为什么站着？坐下吧。

——我要走了。我是来问你一件事。今天早上你离开家时我看见你了。

——这么说，你也住在这儿？

——是的，是你旁边的那座房子，纳吉叶大姐的家庭式旅馆。

她把纳吉叶女士称为纳吉叶大姐。挺奇怪，他不想让她走，他有很多想问她、想对她说的话。

——不要走，留下来！他说。

——今天不行。我不能留下来。

——你说得对，那你快走吧。

他没有在她身后目送她。他把双手交叠在颈后躺下了。广阔平静的海面中央有一艘无人小船。右边的老人在给孩子们讲些什么东西。他没听明白。孩子们笑了起来。“今天不行！那就是说明天也许可以。六个半月过去了。

对于瞬间引起的麻烦的恐惧…… 显然她非常想念我。好像明白了这一点。不过，她难道没有什么没弄明白的事情吗？连我也没弄明白的事情？诸如‘我妈妈说……’‘今天不行’之类的……她难道不知道今天非常漫长吗？要是她留下来的话我们本可以一直游到那艘小船那里去。为什么一动不动的？难道船夫躺着睡着了吗？我第一天来把沙发搬到客厅的时候，在对面房子拐角看到她转弯。当时我还说不会是她的，但每天晚上都注视着她的窗口。要是她留下来的话，我就会知道那个窗口是不是属于她了。我会跟她谈起古莱尔。我吻过她的耳朵。六个半月！白白地……难道小船里的船夫为了让鱼儿吃自己的尸体于是在海中央自杀了？”抑制不住的烟瘾涌上来。他走到脱掉衣服的地方，先点了一支烟，然后穿上衣服。

中午，他赤身裸体躺在自己房间的床上，汗流浃背。没有风，令人郁闷的天气。也许阿伊榭在那个窗口的后面也感到无聊。“今天不行。”她说的。今天好像是最炎热的一天。他反手把浸湿的烟送到嘴边深吸一口。这种天气，即使在树荫下也会比这里还热。书也没法读。他迅速起身朝放书的地方走去，拿起右边第三本书翻开。钱不见了。他又翻看了第二本书！在这里，没人动过。要是其中一张钱被人偷了的话，他能意识到吗？他从来不数钱。他把书放回原处。“也许所有烦恼的根源就在于此。也许钱本身并不重要，重要的是钱数。人们生活中重要的东西是细节，不是吗？不注重细节生活的只有植物。只需氮、水、叶绿素和阳光的一种生活。还有一些动物。公马，对于将要交配的母马是跛脚的还是瘦骨嶙峋的，并不在意。但通常会对吃饲料的谷场，对农场耕地的路分辨得很清楚。狗，会对穿着它们没有见惯的衣着的人吠叫。那么人呢？他们的生活里每一个东西都是细节。重要的不是食物，而是要吃的食物的种类；不是衣服，是衣服的种类、鞋子的种类。甚至每天的名称……某些具体的日子有具体对应的生活内容。星期天是星期天的生活内容，星期三就是星期三的生活内容！全是细节！好比钱数。好比古莱尔的蓝眼睛。”他把烟按熄在花瓶边缘上。“好比阿伊榭黝黑的双腿。我敢百分之百地肯定早上那个干瘪的女人没跟男人睡过觉。”天气炎热。郁闷。他全身放松仰躺上床，昏晕似的陷入沉睡。

过了好久，他在梦中和阿伊榭一起朝海面上的小船游去。靠近船边时，一个大胡子男人一边用船桨击打他们的手，一边说：“我不要你们，走开。”还往他们的脸上吐口水。越擦口水越多。他认出了男人，是伊兹密尔人。他们逃到了岸边。干瘪女人抱着一棵燃烧的松树开始跳

“火之舞”的时候，他醒了，浑身大汗，直到在浴室冲上冷水他才放松下来。他在浴室待了很久，要不是因为对无人小船的好奇也许根本不会出来。

走在街上，他感觉热浪袭来，仿佛在舔着他的脸。以前在学校里的课堂上他学到的是天气“用肉身是感觉不到的”，可是现在他感觉到了。从此，这句定义就应该改变了。或者加一句附注“一九五八年七月的某一天（哪一天呢），傍晚时分有一次被肉身感觉到了”，诸如此类的。世界上有许多科学家。在田间地头、工厂、建筑、裁缝店里有许多人在工作。手上沾上头发的理发师傅……被汗水浸湿，喉咙上围着布坐在理发椅上的顾客们……觉得发痒……“晚上我们有客人来！”说实在的，人真是忍耐力强的生物。他站在岸边看看四周，小船不见了，原处烟雾背后一艘吊船正在驶过。海面毫无波纹。他如果跳进去，就好似跌进平滑的橄榄油里。他点燃一支烟，站立着，等待日落。日落后，他就会去一家有烧焦肉味、不怎么样的餐馆吃饭。“然后呢？我怎么知道！”要结束这一天，他面前还有一个更漫长的夜晚得度过呢。

夜晚进入房间，他发现对面窗口没有灯光。他在黑暗中脱掉衣服睡了。天气没那么热了，但是很沉闷，让人情绪低落。人会期待发生点儿什么，发生某种变化。

他用双手把身体抚摸了一遍。“她把脸靠在窗纱上，说‘快开门’该多好……”他摇了摇头。“不能再想了，必须睡了！怎么才能睡着呢？”他毫无睡意，想起画展上他第一次见到她的那一天。“她要把那幅灰色的画给我。不要钱！……墙上的那幅画上的吃食是她的。她忘了吗？‘今天不行。我不能留下来。’我为什么没有拉住她？我说你是对的，那快走吧。”沙滩上他要是抓住她的脚跟让她跌倒在自己的身边的话，那她现在就会在这里了。她的腿上有太阳晒出的斑。他皱起额头。“必须睡了！”睡眠是通往明天的最短路径。

天气沉闷。“数数字？两千三百二十三。等我死了的那一年到来时，我就会睡着了。两千三百二十……两千二百九十六。‘泽赫拉！你的腿真美！’两千……”他搔耳朵时，忘了数字。又稍微返回一点儿重新开始计数。一边数，头脑里一边冒出一个个怪诞的想法。以这情形，不要说睡觉了，不但会想自己什么时候死，也许连祖父哪一年出生他都会想一遍的。无边的寂静中，数到两千一百七十三的时候，他听到了树叶的飒飒声。他睁开眼睛，看见闪电瞬间照亮树木和对面的房子，随后消失。紧随其后，这座沉睡的城市被一道从地面伸展到天空的响雷劈开，树木不停地发出嗡嗡声，附近一个空锡罐飞起又跌落，一场倾盆大雨忽地降临。现在外面短促的闪电、轰鸣的雷声、嗡嗡声和其他动静交织混杂，静寂已荡然无存。他从床上跳下来。他等待的变化就是这个，不是吗？他摸索着穿上衣服。

走出花园大门时，他浑身都湿透了。暴风雨中摇摇晃晃的路灯的昏暗光照下，空无一人的街道也显得美丽。人都到哪儿去了？他们只会在发生火灾的时候走出屋子。在被暴风雨冲刷的复杂的欢愉中，他慢慢地走着。硕大的雨点击打在脸上，他希望能有更多的雨点。这种让心胸开阔的愉悦的存在，是生命的喜悦，他明白。就算现在让他看见肉店钩子上挂的肉，他都不会反感。“汤的薄雾，烧肉的气味，冰箱里黑籽红瓤的西瓜……”靠近海水的时候，如降临时的突然一般，倾盆大雨瞬间停了。树木的飒飒声，远处天空的雷声却好像更猛烈了。他闻到了浓郁的海腥味。站在沙滩上，他脱掉衣服，让变缓的风吹干自己的身体，脑海里奏起了巴赫钢琴曲的旋律。“我身后有一个人。”沙子簌簌作响，一个类似人的呼吸声。他没有回头去看，他知道是谁。

——阿伊榭！

——是我。

还会是谁！别的人在这个被暴雨冲刷的、清洁的、充满海藻味的天气里，只会在床上等待着。“类似男人等待女人……到他们的床上来，就会让他们满足了。”只有那个“她”，他寻觅的“数百万女人中的那一个‘她’”才会来这里找到他。他把靠在自己胳膊上她赤裸的肩膀拥住，搂向自己。难道说他们本来就是一起来到这里的？或者是他在脱衣服的时候，阿伊榭也脱了吗？他想到世界上为数过多的女人时将不再感到绝望了。她就在他的身边。他脑海里演奏着的是最美的旋律。

——你能听见音乐的旋律吗？

——能。

当然听得见！带着白白浪费了六个半月的情绪，他急促地跪下来，亲吻她的双腿。什么父亲长着胡子的脸，什么耳朵痒，都没有出现。他抱着她的腿放在自己身边。两人在潮湿的沙滩上一起滚倒。没有言语，无所畏惧，就像喝一杯水一样……他的一只手在她的发间不停地游移。有一会儿，从远处传来一个雷声，轰鸣渐低，终至消失。

3

暴风雨那夜之前，要是有人对他说，很快他会在纳吉叶女士的家庭式旅馆里就餐这样的话，他会一笑了之。他甚至可以想象成为一家餐厅的“熟客”，也不会想到这事会成真。但真的发生了。连续两个星期在宽敞的客厅餐桌上，他成为了纳吉叶大姐的“客人”之一——他也跟着阿伊榭叫纳吉叶大姐了——也有了属于他的“座位”。纳吉叶大姐，对待租户就像对待不请自来的客人一样。她的租户大大小小一共十个人。高中校长、他的妻子和两个女儿；工程师、他的妻子和三个女儿；还有阿伊榭。她的父亲，在和母亲一起去意大利的时候，让她和为自己工作的工程师一家来避暑。阿伊榭说：“——幸好我来了。”“——你怎么没有跟他们一起走？”“——去年我去过了。最初那几天的好感没有持续多久。博物馆、画作、新鲜地方……然后麻烦就多得让人崩溃。不管我怎么做，都摆脱不了被人当成游客的处境。你明白的，哎，游客！一种格格不入、不协调的感觉……”

大多数日子里，因为工作的原因，工程师和校长不会加入午餐。就算他是在座唯一的男人，这些发出细细的声音、做作的女人也没能让他感到烦恼。他轻松地咀嚼着食物。他变了吗？他不这么认为。变化是他的身边坐着“她”。还有……

——亲爱的阿伊榭，把那个盐瓶递给我好吗？

给工程师胖乎乎的妻子递盐瓶的手如此美丽，桌子下她的腿靠在他的腿上，她望着他时眼中喜悦的光芒，坐在爱人身旁内心的放松，让他一个小时都不想和她分开，足够支撑他一天两次坐在这张餐桌前，还有一个原因是在这里食物的气味。这股气味，让他回忆起在阿兰穆达尔老房子里他与泽赫拉阿姨单独住的时候吃到的食物的气味。他第一次坐到这张餐桌的那个晚上，一道配西红柿的肉菜之后，女厨师给他的餐盘里放了一个橄榄油茄子填饭。他正吃着的时候，停了下来，握住阿伊榭的手，当时甚至连孩子们也安静下来，说话声、嘴巴的吧唧声、刀叉声都停了，在寂静中他长久地凝视着她眼中那不加任何掩饰的爱恋，而当所有人都期待着他做出什么惊人之举的时候，他却简单地说了声："——好"，便放下握住的手，好像别人都不存在似的继续开始吃饭。

女厨师分发茄子烧米饭的时候，工程师的妻子说：

——哦，哈伊瑞爱吃这个！留一点儿给他晚上吃吧。

——已经留了，亲爱的塞米哈!

纳吉叶大姐的声音："三年了，我还不了解你们吗？这还需要提醒吗？"这话正好说出了他所想的，声音里带着一丝失望。他第一次见到这个瘦小又活泼的老妇人时非常意外！他所想象的那个脸颊松弛、拔掉眉毛、行动迟缓的纳吉叶女士到哪里去了？人们的偏见大多数都是错误的。还有他跟阿伊榭一起走进她房间时那股刺鼻的气味呢？看到他们的目光从墙壁上搜寻气味的来源，纳吉叶女士说：“——我不喜欢照片，它们会限制人的梦想，它们迫使我们只考虑自己。”他对她不想限制的梦想感到好奇。也许人们只考虑自己，是因为没有足够的独处而无法打造梦想，所以变得自私自利。他一下子喜欢上了这个老妇人；但是，老妇人是在这之后才喜欢上他的。这之后是为了他能够在家庭旅馆里吃饭，他们来找老妇人商量，是他再次和阿伊榭相遇的第三天。在那之前的一天吃饭的时候，他因为阿伊榭要离开他去吃饭而闷闷不乐，就好比他偶尔会觉得人脑袋上的耳朵又丑陋又多余，他当时因人们必须靠吃饭维持生命而感到恼火。第二天，在午餐时，他把她带到餐馆。看着他没有胃口的样子她的食欲好像也没了。阿伊榭问：“你总是在这里吃饭吗？”“——要么在这家，要么在类似这家的另一个地方。”“——这里不是吃饭的地方，只是让人热到流汗的地方。而且我想要你在我的身边。就从今天晚上开始，你也在家庭旅馆里吃饭。来，我们去办好这事儿。”“——其他人会惹怒我的。我办不到。”“——我会在你身边。再说你为什么这么在乎别人呢？你什么时候才能学会对别人的荒谬举动在心里偷笑呢？来。”跟她一起去的时候，他有没有一种想要让被爱的感觉具体化而带来的内心舒畅呢？纳吉叶女士了解到他们的来意时说：“——行，一个月我收两百里拉。”“——可以！”“——您不讲讲价吗？”“——我从不讲价。别人问我要多少，我就给多少。”那一刻他想老妇人开始喜欢上他了。“——那收个一百五十里拉就够了。我还以为你跟之前来为你租房子的那个男人是一种人呢。他说话的样子您是没看见！他是您的什么人？”“—— 我的律师。”“——他会让您发财的，看着吧。”他笑了，“—— 没人能让我发财。”他说。

他把杯子拿在手里。吃米饭的时候，他会不时地喝水。他右边坐着赛姆拉，工程师十六岁的大女儿，总是在他要伸手拿水瓶之前就给他手中的杯子倒满水了。每一次都是如此。只要他想喝水，总是赛姆拉给他的杯子倒满水。(他本人对于这事有一种男人粗线条而无知的理解：“女人具有喜欢为男人服务的本能。”这张桌子上，懂得赛姆拉对他表示亲近的真正含义的只有阿伊榭。也许还有女孩的母亲……阿伊榭不认为塞米拉看得懂。母亲，总是很晚才会意识到女儿已成长为女人。她在日记上这样写道：“自从 C. 加入我们的餐桌以来，赛姆拉对我的态度一天一天地改变。‘亲爱的姐姐’、‘拥抱’这样的亲昵都不再有了，只是多了些胆怯而回避的注视。因为爱上他，不知道多少次幻想着从我手中夺走他，肯定为此而对我感到惭愧。她还放弃了每天傍晚去街头骑自行车游逛的习惯。因为前一天晚上在讨论‘作秀、做作’的话题时，C. 插了一句：‘——各种车子，除非必要，如果因为其他用途而经常使用的话，就是作秀了。就好比健康的男人挥舞手杖，又好比人为了遮阳制作的帽子，在女人的脑袋上缩小到半个柠檬那么一丁点儿大。为了快速到某个地方需要骑上的自行车，却被穿着短裤的大腿骑着在街上游逛。这些就是虚荣、作秀。’虽然仍然红着脸，但她已经能对爸爸、妈妈称呼‘你’了。因为同一天晚上 C. 还说过：‘——即使是对最亲近的人也用您来称呼的人我也认识的。而且他们还把对彼此的爱也说出来。这些都可信吗？不是维持表面礼貌的做作，还会是什么？’只有这些吗？还有那无法明显表达转而含蓄传达的小举动。给他面前放盐瓶什么的！——吃饭放太多的盐，这可不好。——无时无刻不在关注着他，他一想喝水就给他的杯子把水倒满什么的！她所有这些服务举动获得的福利都一样：一句无心的‘——谢谢你，小姑娘！’她很高兴他回头看她，‘小姑娘’的称呼却让她颇为失落地把视线挪到前方。'这些男人真像牛一样。不解风情！我哪里小了？'我猜她心里是这么想的。偶尔她会忘了咀嚼食物而涨红了脸，也许是因为她赤裸的胳膊触到了 C. 的手肘。这么说我是在嫉妒了？真是的，我一边写一边禁不住感到羞愧：为了确认他们的腿有没有相互碰触，我时不时地偷瞥桌底。其实我知道，他对于身旁坐着的这个女孩的萌动并无所觉。之所以只有我才察觉到她的感情，是因为她喜爱 C. 甚于喜爱我吗？或者恰恰相反？昨天她问了他最喜爱的食物。我今天一看，餐桌上上了一道茄汁通心粉。我有些起疑。然后，她一口也没吃。工程师问：'—— 你为什么不吃，我的女儿？''——我饱了，爸爸。''——那你给我吧，我来吃。'她顿住了……递出盘子的手上满是怒意！哎，迟钝的父亲，女儿本来打算给她喜欢的男人的，她在等他吃完自己那盘呢。从此以后她会减少对你的爱可别抱怨啊！罪过在你。离开餐桌后，我问厨师：'怎么回事，大夏天的吃茄汁通心粉？''——赛姆拉小姑娘使劲地恳求，我心一软，就做了！'我知道她会有感到厌倦的一天。如果坐在她身旁的不是 C. 而是另一位年轻人，她仍然会做出同样的举动。十六岁啊，对周围异性的短暂萌动！这让我想起了把自己不喜欢的名字从维伊斯改为维伊塞的叔叔。"（读阿伊榭写的东西，你会觉得C.的理解荒谬可笑。“女人具有喜欢为男人服务的本能”什么的！还自称了解女人呢。）

——谢谢你，小姑娘。他说。

他把杯子送到嘴边，喝了大约一半，听到了纳吉叶大姐的声音：

——够了，她说，水是冰的，你的胃会着凉的。

这里的人担心他的胃会着凉，给他的杯子倒满水，把西瓜盘里最大的那块给他。“荒谬的举动！那就一边沉湎在这关怀中，一边暗自偷笑吧。不知道周围对两个相爱的人表现出的这些宽容会持续到什么时候？这种爱情，是超越了他们那带有缺陷的爱的标准的脱俗表现，但当他们发现这种爱情与世俗传统相违背时，他们将会何等的惊慌紧张！他们会把我们赶出去，会对孩子们说我们是坏榜样，好像比他们自己还要糟糕的榜样。这个屋檐下生活的所有人的共性是什么？只有一个，就是对共同生活必要性的信仰。有人想吃茄子，有人不想；有人口味偏咸，有人偏淡；有人早睡，有人晚睡；一个人听歌曲的时候，另一个人想听爵士乐。早晨起床的时候……一个人讲述自己的梦境，听的人不喜欢听人讲述梦境。即使是夫妻也是如此，不是吗？有什么共同点呢？除了每周固定的几天肉体摩擦之外？但是人们依然都在忍受着。因为他们似乎对共同生活的必要性深信不疑。而我并不相信这个必要性，这正是我跟他们之间的区别。我的种种痛苦和欢乐的根源也是它。与其把精力放在忍耐上，我宁可躲进自己的寂寞。于我而言，身边有一个人就足够了。相爱的两个人建立的一个社会。即然人是社会性的动物，人类社会最好的单位就是这种微型、无问题的两人社会，不是吗？”吃饭的时候，他的脑海里常常掠过类似这样的想法，而与之相对的睡眠中的“另外的”想法也会清醒过来窃笑。他没有在意，心情轻松。

西瓜吃完后，他朝后一靠，从口袋里掏出烟盒。和阿伊榭一起在饭后抽的这一口烟格外香甜。每次他都先点燃自己的烟，然后把火柴递到她微微油腻的唇边，他也不觉得自己是在作秀，还会盯着她躲避烟雾而微眯的眼睛。在她的眼中他总能看到自己想看见的目光。腹部饱胀而弥满全身的困意之中，抽着烟缓缓呼吸，环顾四周，这时他才不会像平时一样暗暗想着对面坐在母亲身边、校长的那额头垂着波纹状发丝的小女儿“十年以后也是一只母狗”。两人之中的一个人的肩膀不耐烦地晃动了一下，晃动还没结束，这饭后的一支烟就被掐灭了，也许他们是为了推迟离开餐桌的那一刻，从而让彼此单独相处的渴念更加强烈才抽这根烟的。两人正在玩一种自己喜欢的游戏。当人们拥有迅速获得解脱的自由时，是什么情况都能忍受的。肩膀的不耐晃动还可以再稍等一下。他看见阿伊榭开始抽烟，非常高兴！“——在画室里等你的那些天，我抽得很厉害。”暴风雨那一夜，在沙滩上肩并肩躺着时，她问：“——你有烟吗？”他有，但是那一夜他们没抽成。火柴湿了，点不着火。他把她的头按在自己肩膀上。把烟熄灭在西瓜皮上，他们站起身。（阿伊榭看见赛姆拉抬起头，以为她要开口说些什么。五六天来他们每次吃完午餐起身的时候，她都在等赛姆拉开口说：“—— 如果你们去下海的话，我可以跟你们一起去吗？”她们的视线交会。她看见了女孩眼里的难过和犹豫。赛姆拉低下头，没有说话。）

——再见！他们说了声再见就走了。

——再见！晚上可别迟到。

外面阳光明媚，微风轻拂。在这样的天气里，他们会去岸边，阿伊榭画画，他躺着看她。没有风的时候，他们会睡几个小时的午觉然后去游泳。人要是对于重复同样的日子没有埋怨的话，就可以算是幸福的了。阿伊榭说：

——我在想那个女孩。

——哪个女孩?

——赛姆拉。

——嗯?

——她像是要问我们什么事似的，是不是?

——我怎么知道。把他们留在原地吧！一天要花咱们一个半小时待在他们身边还不够，还要在脑子里再过一遍吗？你不是要画画吗?

——对。

他们站在漆成嫩绿色的房子前。现在这已成为“他们”的家。连续六个夜晚，阿伊榭没回家庭式旅馆睡觉。他从口袋里掏出钥匙。记起了她第一次进入这幢房子的那天，暴风雨那晚之后的清晨。他醒来的时候，和大多数清晨一样，他又重新闭上眼睛聆听麻雀的热闹叽喳。他不知道这些鸟是不是麻雀，喝完一瓶橙汁，点燃一支烟又躺回床上以后，就没有再听见麻雀的叽喳声了。他双眼盯着对面垂着窗帘的窗口，像是她说过要到他这里来似的等待着她。昨晚分开的时候他并没有抓住她的胳膊带她回他家，因为那样的话，他之后会因为勉强她做他不想做的事——不对，他不敢做的事——而无法摆脱自我怀疑。随后他就看见阿伊榭把两手放在双眼两侧，正在他的窗外往里看。她先是以为窗户是打开的。“——你还没起床吗？”她说。“快开门。”她一进房间他就让她坐在床上指给她看对面的窗户。“——那是你的房间吗？”“——不是，那是工程师和他妻子的。我住楼下。你问这个干什么？”没等他回答她就站起身，背对着他，站着。凝视着她自己画的那幅画。突然她转过身，双眼模糊，跑到床上的他身边。“—— 亲爱的，我固执的恋人，我爱你，爱你。”他在解开躺他面前的女人身上怎么也解不完的纽扣时，想说而说不出口的话，直到耳朵不再发痒，抚摸着她的双腿时，他才说了出来。他看见阿伊榭扔到地上的衣服上印着穿着宽松裙子跳舞的几个黑人女孩。

而今天她也穿着同一件衣服。这些黑人女孩很有天赋。他靠近在正在往小木箱里装颜料的阿伊榭，站在她身旁把她的脸扳向自己，揽住她的腰。阿伊榭把双手放在他的肩膀上，笑了起来。

——用这种速度画画，谁知道什么时候能画完。她说。

——亲爱的，我身上染脏了，现在是个脏女人！

——我的嘴唇上有油彩吗？她又问。

——有。

——等等，让我洗洗。也许你并不想吻……

他吻了。他的双手在她的脖子上游移。为什么她也像别的女人那样眯眼睛呢？他的手往她腰下滑的时候，阿伊榭抬起了头。

——哦，我们忘了，她说，我们本来要去画画的。

他们这才分开。两人戴上桌子上一模一样的草帽。他没再看阿伊榭，对她的肉体频繁的渴望让他为自己感到羞愧。他去拿画板；夹在胳膊下走了出去。阿伊榭拿着小木箱出门时拉上了门。到了街上，他挽住她裸露的手臂。

——我不触摸着你的哪个地方就受不了，是不是让你不舒服？他问。

——没有，我很欢喜。让我觉得自己比……叫什么名字，那个“美得不得了”的女孩？

——古莱尔。

——好，让我觉得自己比古莱尔还要美，还要有吸引力。我是在吹牛。你也像吻我一样地吻她了吗？

——没，我咬她了。（两人都笑了。他用头向她指了指迎面而来的一个老妇人。）你愿意跟我打赌吗，这个女人生了九个孩子，四个儿子，五个女儿，两个儿子是老师，两个儿子是工程师？

——赌什么？

——大街上的一个吻。我说对了，就是我吻你；我说得不对，就是你吻我。

——不赌。（老妇人走过了他们身边。）我赌不起。

——为什么？

——会有人来揍我们的。

——没错。他们会从家里冲出来，猛扑向我们、揍我们。我们做什么，都得忌惮他们。如果我们没有畏惧，那就变成坏人了！但是和你在一起是那么美好，那么美好！……

他捏了捏手掌中的手臂。到海岸边之前他们没有再说话。在被布满干枯青苔的两块跟人一般大的岩石环绕的这片狭小、幽静的沙滩上，阿伊榭一直在画《两人相爱的海岸》。他们认为这里就是那晚两人在上面翻滚过的那片海滩。他把夹在胳膊下的画架放在平时的位置上，从口袋里掏出两支烟一起点燃，把其中一支塞进正把染料摆放在木箱阴凉处的阿伊榭的双唇之间。然后他走到岩石底部躺下来。中午时分岩石是没有阴凉处的。他也不再随身带本书了。最初几天，阿伊榭画画的时候，他也曾试图看看书。但看不成，强烈的光照让他的双眼流泪，书页也非常吸光。他用草帽盖住脸来遮阳。这样躺着了，脑袋里天马行空地冒出各种想法。有一天他甚至睡着了。他惊讶极了，这样居然能睡着！阿伊榭来叫醒他的时候，笑得前仰后合。他也跟着她笑了，只不过，心里有一种类似嫉妒的情绪。也许是因为她有事可做，有画可以画，他嫉妒了。不过，他心里依然是轻松的。

他闭上眼睛等待着口哨声。阿伊榭开始工作就会吹口哨。“偶尔会断断续续的，这时是她气短的时候。用某种小动作应对各种困难，会让困难减轻。所有的人都有这类秘密武器。古莱尔没有。没有吗？把头发往后捋？好吧。我的耳朵两个星期没有发痒了，也许是我不知不觉地搔痒了呢？频繁地抚摸亲吻她的双腿时，为了说服自己不要害怕才说没有痒的吗？我不害怕。”他睁开眼睛。阿伊榭背对着他，凝视着大海。海面波纹荡漾。她的裙摆被风吹得舞动起来。他似乎可以过去亲吻她膝下的小腿。他不害怕。“现在于她而言，我并不存在。没关系。好比她睡梦中我不存在一样，是暂时的。等她醒过来，她对我的存在会感受得更加强烈。今天没有别人来最好。画家应该到开阔空间作画是我的主意，有一天我还把那两个孩子给赶走了。因为他们不看画，而是盯着她看。她为什么还不开始？我太放松了，她曾说过，这幅画我画不完了。那就别画完，更好。一个艺术家最好的作品不正是她未完成的作品吗？能让所有看过的人都感叹‘这就是两人相爱的海岸’，这样的画作真的画得出吗？就算是其中最善解人意的人，也不过会说‘这片海，碧蓝、淡蓝和土灰色很和谐，有给沙滩添加欢快感的意图’，仅此而已。画作完成了，也只有我们两个人看得懂。我会要她画一幅在明灭闪电中的海岸图。不是在这里提。以后，到了冬季在她的画室里提。我们会一起听音乐的旋律。然后夏季来了，然后是冬季。总是我们两个人。现在于她而言，我并不存在。扔掉画刷过来该多好啊！开口说吻我该多好。我跟你裙子上的那些黑人女孩子一起在呼唤着你。来，快来吧！”他深吸一口烟，呼出来，听见微小的波浪拍打沙滩的沙沙声。阿伊榭没过来。“即使是两个相爱的人在同一刻也会有不同的感受。这很重要,不应该忘记。对于所有两个人的社会来说，是严重的问题！这可以成为一个实验的主题。有人去写的话……我？我干不了,我要体验。要么寻觅,要么体验。同一时刻拥有共同的感受只有两个肉体相互碰触才会开始。我去抚摸她的双腿的话,就可以让她也领悟我的感受。我很好奇：亲吻古莱尔的时候，我想了些什么？通常我们都拥有共同的某一方面。结论是领悟对方的感受只有在人们相互接触到肉体时才会发生。关于空气定义的另外一个变化：空气无法传达感受。你们想要完全领会吗？那好吧，人们啊，千万不要在你们之间留有空气留存的空间！那么眼睛，眼神呢？法国诗人艾吕雅说：‘眼睛开始说话的时候，一切都会静默。’不是吗？哦！麻烦的话题！别再想了，别错过这热热的沙子带来的乐趣。”

他用手刨沙子，沙子很热。他脱掉鞋，脚趾甲又长长了。他看了看手，习惯于思想的大脑并没有听从于他，长长的右手指甲又让他陷入有关人的孤独问题的长久沉思之中。过了很久，阿伊榭嚷道：

——不行，就是不行！一边嚷，一边跳了起来。

什么不行？“哈，画儿。”他靠近她。画板上已有一片茫茫大海。

——不行。我画不出来！

——别勉强自己，他说，什么时候行了，那时再画。你知道的，我们又不着急。

——我画不出来了。永远也画不出来了！

他抓住她的手，抚摸着：“我不想看到你脸上有这种绝望表情。握握你的手，让我们把感情转换过来。”

——别忘了，我们不着急的，他说，试一试去怀念那一夜；你就会眼前一亮的。（他放开她的手。）你叫得那么痛苦！吓死我了！我可正在打着盹呢。（他们笑了起来。）咱们走吧？

他穿上鞋，戴上帽子。阿伊榭俯下身又站了起来，晃了晃手里的木箱。

——我可以把它们扔到海里去。她说。

他心里突然掠过一阵巨大的喜悦。甚至没有怀疑她明天会不会再说同样的话。

那天晚上，在黑暗的房间并肩躺着时，阿伊榭说：

——你今天吃晚饭的时候没有跟他们讨论问题，我本以为那个关于宽容的话题你也会参与的呢。

——不值得。他们两个都是头脑空空的人。你没看见吗？自从他们作秀一般的讨论开始，只要我开口说点儿什么，他们就闭嘴了。他们都怕我。我听从你的建议，只在心里偷笑。这两个男人不懂世界上就没有宽容这回事，人对于跟自己不同的人是不会包容的。而我们明知道没有宽容，就把努力包容跟自己不同的人的举动称之为宽容。

——他们对我们挺好的呀！

——那是因为他们不了解。他们以为我们会遵守他们的标准。如果他们了解，就会把我们赶走了。（他抚摸着她的头发。）还不困吗？

阿伊榭直起了身子。

——困了。她说。

他们下了床。他们并不在同一个房间里睡觉。他认为他们找到了在两个人的社会里保持爱情坚挺的法则。

他总结出结婚的两个人逐渐失去爱情的主要原因就是：在同一张床上睡觉。睡眠时人是独立的，身体却完全放松了：打鼾，放屁，还有重复不断的睡梦中的呼吸，会降低人从这具身体上寻求所喜爱的那些秘密的价值。不过，真实的原因就是这个吗？还是因为他隐藏的虚伪让他希望：不管是谁，都不要在自己睡着的时候观察自己呢？活到今天，他还没有和任何人在一张床上睡过觉。

他们一起进入阿伊榭的房间。他打开灯，一直等到阿伊榭躺上床。她躺好后，

——我真希望现在是冬天。他说。

——为什么？

——要是天气冷的话，我就可以借口为你盖被子到你的身边，再吻你一次了。

——来！

他们亲吻了很长时间。之后，她推了推他的肩膀。

——好了，你快走吧，她说，冬天也会降临的，是不是？

——当然会。晚安。

——晚安。

他关上灯出去了。点燃一支烟；躺上床。他身边的花瓶不见了。取代它的是矮小的茶几上一个不含锡的铜

烟灰缸。厨房里甚至连冰柜都有了。烟灰掉落在脸颊上，他揉了揉那个地方。“我所有的烦恼都在这烟灰里，他想。这么轻松的生活让我恐惧。至少让我得上个要拖上好几天的疾病什么的吧！”

4

“八月七日

家庭旅馆里所有的家务都是三个干瘪的妇女干的。她们比我们吃得多却还这么瘦弱让我很惊讶。讲冷笑话的高中校长，常把她们比喻成风车。他说：‘——把大麦倒进石磨里，磨出大麦的人，叫作三个风车。’大家就笑。有一次，工程师问：‘—— 为什么不叫水车而要叫风车？’校长看了看周围，用缓慢的声音说：‘——先生，水边上能找到这么多干枯的树苗吗？’这就是所谓世上男人的智慧产物之一！讲些别的吧。这三个女人——纳吉叶大姐、厨师、女佣——她们之间有一种具体到所有细节的明确而固定的分工。早上纳吉叶大姐和厨师去市场购物。收拾房间，用洗衣机洗衣服是女佣的活儿。熨衣服归纳吉叶大姐。厨师在餐桌上为食物分盘。切洋葱归女佣，因为她切的时候眼睛不会流泪，作为交换，厨房由厨师打扫，餐具碗盘两人一起清洁。分工的缺陷只有一点，两人偶尔会在厨房争吵。我觉得人们在一起工作是一种艰难的挑战。对这三个女人的生活我很好奇。四个月以后房客离开，她们会做些什么？一年中剩下的那八个月在这个空寂的房子里她们怎么生活？她们会聊些什么？她们会用谎言来装饰回忆吗？纳吉叶大姐和厨师谈起自己的丈夫的时候，从未结过婚的女佣会怎样地听她们讲述，又会问些什么问题呢？”

……

“八月八日

今天晚上我打开灯端详自己的双腿。它们真的很美吗？上面有什么？除了他还有谁可以给我解释给我听？我为什么向他问不出口？他亲吻的时候我要是能看见他的眼睛就好了！我只能看见他的头发。”

……

“八月十日

晚饭我是独自去吃的。他没来，好像是肚子疼。纳吉叶大姐问了，我给她解释了。她建议了一个洋葱汁加黑胡椒的药方。吃饭的时候，赛姆拉与我之间的座位是空的，她心不在焉地吃着。我正想她要开口对我说些什么的时候听到了校长的声音。

——阿伊榭女士，他说，您的那个败家子思想挺高深的，老实说。

出于愤怒，我的眼里升起了怒火。

——您也比我想象的更狡猾。我说。

——什么？

——我说您狡猾。而且还很贴心！不当着他的面说他是败家子，在背后说，可真贴心。

——您以为我不敢当着他的面说吗？

——我不是以为，我确信。然后，您被他揍得满地找牙，以后缺着几颗牙来咀嚼这些美食，这点您也很清楚。我说。

包围餐桌的沉默被一个小女孩打破了：‘——妈妈，我要喝水。’刀叉磕碰声，说话声又随之恢复了。工程师用了很长时间讲述了今天他如何解雇了一个在工作中偷懒摸鱼的工人。我一直看着我的盘子，因为自己的愤怒而对自己很生气。值得吗？劝他在心里偷笑的人还是我呢。吃完饭，我道了声‘晚安’就出去了。在花园里，工程师在身后叫住我。

——阿伊榭，等一下！

我停了下来。

——结局将会怎样？他说。

——什么的结局？

——你们的同居。

——没有结局，我说，会继续下去。

——你可能会有孩子，工程师说，他不会跟你结婚的；他不会跟任何人结婚。他不是一个正常的人。你不害怕吗?

——不怕，我爱他。正常的人让我害怕。

——什么！我得把情况写信告诉你父亲了。

他很痛心的样子说出了这话。

——别费心了，我已经写了。我说。

我们破坏他们什么了？为什么他们要干涉我们想要过的生活？谁知道他会给我父亲写些什么！你可能会有孩子。工程师说。这个月迟了三天。有可能是怀孕的先兆。结婚！在无聊的一间公寓里，我们不认识的一个人履行让我们结合的职责，而我们得低头接受。这是他的话。我没有告诉他晚餐时发生的事情。”

……

“八月十一日

从校长妻子的眼神我看得出，校长晚上不会有好果子吃。显示男人气概好像有违他的教养，校长连续两餐都戴着伪装英雄的面具，应该是没有向我的父母告密。纳吉叶大姐一副如坐针毡的样子。校长隐藏的恐惧他却看不见。外露的恐惧可以杀人，而隐藏的恐惧只会让人安安静静地坐着。大人们都不怎么说话，我们只是听着孩子们的声音。

四周弥漫着的紧张C. 毫无所觉。也许有。我要问他就得跟他解释。”

……

“八月十三日

我没有怀孕。对于自己这疯狂的喜悦我很惭愧。”

……

“八月十四日

我们终于被赶下了家庭旅馆的餐桌。今天早上，我们两人都穿着睡衣从各自的房间出来跑去开门。纳吉叶大姐，面色苍白，瘫坐在大厅的一个沙发上，要水喝。我跑去把水拿来。她的手颤抖着。断断续续地告诉我们其他人不想再和我们一起吃饭的事情。据说是因为只要我们在场，他们就会不舒服。而且他们还有孩子。

——我难过得不得了，她说，我拼命为你们辩护。这可是两个人，我说，怎么能这么做呢？‘为什么不行，他们说，让他们在自己家吃就行了。’他们不理解你们，容不下你们！最后他们说：‘要么我们，要么他们。’

——那样的话，选择我们，C. 说……别理他们，让他们走。我付给你他们的租金。甚至付得更多！我们在那里和你一起吃饭。

纳吉叶大姐的眼睛充满了泪水。

——我做不到，她说，你们两个拥有彼此就满足了，吃完饭你们就走了。而我这三年来已经习惯他们了，总是期待着夏天的到来。我很喜欢孩子们，没有这些声音了我就会难过。我做不到。我会每天把你们的饭送到这里来。

大姐一走,C.过来抱住了我。他眼里的喜悦让我惊讶。

——承认吧。他说。

——什么？

——他们比我们聪明。

——为什么？

——都多少天了，咱们都没想到让人把饭送到这里来的办法。从此以后，我们可以摆脱他们了。

跟别人分开为什么让他这么的快乐？

看见拥挤的海滩，他说：‘——星期天来沙滩的人太多了。’于是他雇了一条小木船。我们在海中间游泳。在船上晒太阳的时候，他俯向我的腿。他的头发湿湿的。我提醒他，自己不方便。”

5

他决定把眼睛闭起来，直到背景音乐响起、灯亮才睁开。他从屏幕上看到的最后一幕是被喝醉酒的爸爸打了的孩子那被泪水打湿的脸庞特写。不晓得那音乐是谁的作品，也许是专门为这部糟糕的电影谱写的一支曲子。阿伊榭的肩膀靠着他的胳膊，挨着他坐着，他却因为跟阿伊榭提出看场暑期电影，在这张一动就吱吱作响的靠背歪斜的椅子上，不得不观看一部令人恼火的电影而生着气。他心里的不快早在他们一进入这个乱七八糟的地方，看见座椅之间的通道上停着一些婴儿车时，就开始了。这些人的目的就是努力向两个人的社会塞第三个人进来。他们绕过婴儿车，在一排空座位上坐到这两张椅子上，身旁经过击打着瓶子卖汽水的孩子，他们要了两瓶喝掉。他一打嗝就闻到了橙子和青椒混合的气味。阿伊榭说：——他们怎么不冰镇一下！

随着一声枪响背景音乐停了下来。屏幕上的静默差一点儿让他睁开眼睛。导演葫芦里卖的什么药，他有些好奇。但他没有睁开眼睛。他说过要到灯亮。这个决定只有在阿伊榭抖抖肩有话对他说的情况下才能改变。他极度渴望睁开眼睛，期待着她会有话对他说。他尽力保持她靠着的那条手臂纹丝不动。重要的是得由她来晃动这条手臂，要是他动了自己的手臂，他就可以听到她说自己想听的那句话了。“我们的肩膀上那古老的魔法被解除了吗？她是在看这部电影吗？要是能看见她的脸就好了！”屏幕上一个女人大喊：“你做了什么，我的儿子？你杀了你的父亲！”他胳膊上的肌肉可怕地收缩又胀大。阿伊榭突然依偎进他的怀中。

——我冷了。她说。

——我也是。

他睁开眼睛。才听到她说冷。手臂的肿胀开始消散，他凝视着身边熟悉的脸庞。这是他的女人。

——你愿意的话，咱们走吧。这部电影好无聊。

他们手牵着手在街上漫步。以前把她的手握在掌心时那心悸的感觉哪儿去了？就像电影院屏幕后面那些家庭里生活的人们习惯了影院的噪声、纳吉叶大姐习惯了孩子们的喧哗声那样，难道两个人也习惯了彼此吗？他们之间的亲密渐渐地只剩下手挽手散步，在同一张床上睡觉了，他们也会像那些丈夫和妻子一样生活了吗？他无法忍受这种情况。应该有一条出路。他捏了捏掌心里的手。阿伊榭说：

——你说吧。

——我爱你。

这是他第一次对一个女人说这句话。

进入他的房间时，跟平时一样，他们没有开灯。他的手指解开她的纽扣时已没有了初次的生涩，它们已经习惯了。从她光裸的手臂上脱掉的衣服，他放在椅子上。在敞开的窗户照射进来的昏暗月光下，他看着那个躺在床上的女人。爬上床躺在她身边，他把脸依偎在她的头发上，他喜欢她的发香。他的手游移在她的膝盖、腿那温暖而紧绷的皮肤上。“这个气味很像什么呢，一个……”他没想出来。他抬起头。他的双唇凑近她半张的嘴唇时，阿伊榭直起了身子，想要下床。他拦住她。

——怎么了，去哪儿？

——我要去拉上窗帘。

他想起了古莱尔。“——窗户，”古莱尔说，“是开的！”他的头嗡嗡地响。

——为什么？窗帘一直都是拉开着的，不是吗？他问。

——我好像在窗帘那儿看到了赛姆拉的脸，她好像在看着我们。

——那里没有人，你看。

——是的，但我脑子里一旦闪现了这个念头，就放不开了。等等，我拉上就回来。

——没有必要。就算她看着也什么都看不到。

他心里有一种类似愤怒的感觉。重要的不是有没有人在窗外看着，而是他靠近她的嘴唇时，她居然能想到这事。难道说，人永远不会摆脱外面那些人吗？他意识到他的手仍然停留在她的双腿上。可真是时候。他心跳加快，等待着耳朵上一贯的瘙痒来临。瘙痒没有来。女佣撩起裙子，露出丰硕白皙的大腿，“——别怕，它们不会把你吃了的”，女佣说这句话的神情浮现在他的脑海。他一边畏惧着，一边上上下下抚摸着手下温暖的腿。耳朵还是没有瘙痒！他突然颤抖着急切地抱住阿伊榭，亲吻她。

——没有别的人！他说。全部都忘记掉。我们两个人，只有我们两个人。

——好的，好的！

他想要听见不是这声颤抖的“——好的，好的”。他想听的是暴风雨那晚，当他问“——你能听见那音乐的旋律吗？”她那声轻松而令人信任的“能”。他把头靠在她的腿上，躺下来。

——我想念你的画室了，他说，哪天咱们去那里吧。

——哪天去吧。

游移在她的头发之间的手已经平静下来了。

——以前在那里我都是这样躺在你怀里的。

——我……（她咳嗽了一下。）我想问你一件事。

——问吧。

——为什么你总是抚摸亲吻我的腿？

他仿佛看见了父亲的脸。“——泽赫拉，你的腿真美！”父亲一边说，一边捋着胡子。电影里女人那可怕的声音再次在他耳中回响：“你杀死了自己的父亲。”他直起身子。

——因为我不害怕你的腿。他说。

——我不明白。

也许把一切都讲述出来会让他们找回最初那些天的那种轻松气氛。阿伊榭把手搭上他的肩。

——为什么不说话？她问。你知道我的一切。那我呢，知道你的吗？一点儿都不知道！我想要了解。难道你看不见我有多爱你吗？

他的内心开始放松，继而关于童年和青春的记忆杂糅在一起扑面而来。他不知道从哪一个开始。“从爸爸开始？”

——首先，我需要讲一讲我的爸爸，他说，那时你就会明白女人的腿为什么会唤醒我的恐惧。你在我身上看到的一切，都源于我的爸爸。我还很小的时候，对那个靠近我的脸颊来亲吻我的那个男人的黑胡须上经常散发出来的气味抱有非常复杂的厌恶，也许是后来回忆起来的时候感到厌恶，我也不清楚。这种很少有的亲近我记得的都是“带有葡萄酒味的亲吻”，它们在我身上激起的情绪之后我还会另外描述的。在那个年龄，我当然不懂喝了葡萄酒的气味是什么。我记得的更多的还是他说的那句话：“让孩子去睡。”他白天从不在家，大家说他做着经纪人的工作。他在家里吃晚餐的时候，餐桌上那无聊的沉默！我忘记禁令开口说话的时候，他会沉下眉头看我。我总感到畏惧。他来不来吃晚餐并没有个准数，我们一直等到七点，快到时间了我的心脏就开始猛烈地跳动，正在我想他不会来了的时候他却进门了！我心里多么失望！我们觉得他快回来了，泽赫拉阿姨会说：“——十一点多了。谁知道他又在哪儿鬼混呢！”这样的夜晚非常的少，她会哄我睡觉，亲吻我。每一次夜晚爸爸一进房子，就会把我从和阿姨玩游戏、听故事的幸福中剥离出来。“——让孩子睡！”他总是这么说。从巨大的欢乐跌落进苦痛只需要一瞬间，我就是这样懂得的。在她的怀抱中我可以忘记爸爸的存在。躺在床上的时候，我会想，他让她离开我很不公平。

——这个她是谁？

——我的阿姨，我妈妈的妹妹。我不记得我妈妈。一岁的时候，妈妈过世了。也许是因为阿姨提起过她美丽的蓝眼睛，我以为自己见过她。我一直很喜欢蓝眼睛。也许我跟你说过，我之所以能够忍受那个女孩子三个月是因为她的蓝眼睛。我也不清楚。我是被阿姨带大的，我对她的爱让我爱嫉妒又自私。我区分事情好坏的标准是是否会破坏我和她单独在一起的时光。我会对来家里的女人们生气。其实阿姨和她们聊天的时候，大多都让我躺在她的膝盖上。爸爸白天也待在家里的那些星期天、节日对我而言简直是刑罚！我很少出门，直到我开始上学。我童年时期住的那幢阿兰穆达尔的房子有两层，木质的。爸爸死了以后，我把它卖了。在学校，除了学习课堂上的东西我还弄明白了其他东西。懂得不少的小男孩也是有的。我终于明白了家里为什么经常更换女佣了。呵呵，那些女人的矫揉造作，搔首弄姿！爸爸捋胡子的动作！偷偷摸摸地掐捏，厨房里背后的拥抱？爸爸对女人有一种可怕的饥渴。我不会像他一样，这个决定，随着对他的这些恶心举动见得越多就越坚定。纯粹为了让他不舒服，我就去顶撞他，他就打我耳光。你都不知道我有多么渴望他打我耳光！这些耳光把我从“不爱爸爸”的痛苦中拯救出来。他和女佣鬼混的事情，阿姨也是知道的，却并不埋怨。后来我一直很疑惑她是如何忍受在这幢房子里生活的。是为了我，还是因为每晚爸爸的惠顾？从学校回来，我的脸上有伤疤指、甲印的时候，爸爸会说：“——你们看见了吧，这个孩子以后成不了个男人。”我不吭声，其实很高兴。我爸爸是男人的话，我就不当男人。“长大了我不留胡子。”我对自己说。第二天我会打架更凶。别人厌烦我，老师们写信告诉我爸爸。他不想让我上学，我就偏要上学。“——上了学又怎么样？他得做个商人。”爸爸说。阿姨与他争执的时候，我打定了主意以后不做商人。有几次，阿姨问我长大以后想做什么。“——我不知道，”我说，“但我不会做经纪人的。”她就会笑着摇头：“——你啊。”她还说：“因为这个坏男人的缘故以后会受折磨。”那时我还不知道，她是这个她口中的坏男人的情人。我们总以为自己爱的人会和我们有同感，所以我以为她也是厌恶爸爸的。准确地说，是他们在我面前掩藏得很好，我很晚才发现。上完小学的夏季，有一天我在房间看杂志时，门响了。打开又关上后，我听见了爸爸的声音。“——女佣在哪儿？”阿姨说：“——出去了。”“——那孩子呢？”“——没看见他，刚才要出去的。”之后就是一阵安静……我倾身从半掩的门看过去，爸爸的一只胳膊掀起阿姨的裙子抱住她，另一手在抚摸她光裸的双腿。“——泽赫拉，你的腿真美！”他说。我的天仿佛塌下来了。我冲了过去。跳到他们身上，她的双腿仍是光裸的。“——放开她，放开！”我大叫着……咬住他的手。“啊哟，我的妈呀！”他叫起来。我的牙齿发疼。他突然拧住我的左耳。我感到极度的烧灼的疼痛。“天哪，你做了什么？”阿姨说：“你撕裂了他的耳朵！浑蛋，你撕裂了他的耳朵！他的耳朵撕裂了。”她在哭。然后，我摔倒了。头里的声音却没停：“耳朵撕裂了，耳朵撕裂了，耳朵撕裂了……”

——够了！阿伊榭说。（半黑暗，她凝视着C.石头般僵硬的面容，心里升起一股恐惧。）要不你别讲下去了。

——十天后，我头上的纱布拆掉了。伤口痒了好几天。有些夜晚在梦里我梦见爸爸可怖的死亡，有几次是我杀死了他。不是为了我的耳朵，是因为他攻击了阿姨。我把所有的过错都推到他的身上。他在我身旁的时候，我就会脸色煞白，闭口不言。我害怕他。那阿姨呢？我一直很爱她。然后，甚至在我想到她是自愿跟爸爸睡的时候，我也原谅了她。她在我眼里更加了不起了。而他呢，当着她的面调戏女佣，阿姨只是视而不见。秋季他们把我送到了寄宿学校。一个月以后，阿姨死了。从此以后，我就是单独一个人了。我和同学们相处得不好。我看到了人们无法逃脱的虚伪，和汽水一样喝完就完了的友情！似乎每个人对火车旅途上有固定期限的熟识感都很满足。什么都谈到钱！我不喜欢。也许是因为我总是有很多钱的缘故。我想爸爸是用钱来支付他对我欠的感情债吧。他一年来看我一两次。他讲些什么？我总是期待着他说

“那我就走了”那一刻的到来。“——那我就走了。”他伸出手。这只手！……我亲吻了上去。想着能快点摆脱他。或者是因为害怕吗？瞧，这就是我！孩童的时候和他不一样很容易。说些“——我不留胡子”“我不做经纪人”这样的话。但当我开始在梦中见到光裸着腿的女人时，你能想象我的绝望！没有任何人像我一样承受这样多的生为男性而受的折磨。为了摆脱内在对女人汹涌的渴望，我不停地读书。不管用。我常常自慰。十七岁时我去了妓院，和费亚兹一起。费亚兹比我大，常讲起女人，大部分是骗人的，但我还是喜欢听他讲。从房间出来后，我心里空虚无比，感觉糟透了，再也没有去。那年夏季家里的女佣又换了不少次。我记得其中的一个，她在我阴郁的外表下察觉到了我隐藏的对女人的饥渴。她掀起裙子，显露自己丰满白皙的双腿，说：“——别怕，来！它们不会吃了你的。”我逃走了。爸爸不回家的那些夜晚，大大的房子里只有她和我两个人，这让我紧张！这些夜晚，我本可以去旅馆睡却没去，可见，我愿意这样紧张。躺在床上，我等着楼梯的吱吱响动。我的头嗡嗡地响。站在门口，她问：“——要我进来吗？”一个我认不出来的声音说：“——不！”身体却燃烧了起来。“——我知道你没有闩门，”她说，“你想要。快，来，快来吧。”长时间的沉默！女人的柔软呼唤。很久之后，她说：“——想想我的双腿。”我就想她的腿。爸爸的声音响了起来：“——泽赫拉，你的腿真美！”“滚开！”我大喊。“——憋着吧！”她说，“我会走的。你不叫我，我不会进来的，憋着吧你。”一边想着我又解脱了一回，一边却想哭。一天晚上，楼梯上的吱吱声一停止，她没说话就进来了。扑到我身上，那么迅速！熟练的、野蛮的母狗！汗湿的肉体撞击声！胡须。胡须！我没有碰她的腿。相信我，我没有碰！身体一分开，她就说：“——你比你爸还强。”那一瞬间我揍了她。房间是黑暗的。要是有灯光，我不会跟她上床的，这你是知道的，对吗？如果我看得见她的腿，这些就不会发生了。你相信吗？我没碰她的腿，相信我，我没碰！

——我相信。亲爱的，别再讲下去了！（越看着他的脸，她越不敢去拥抱他。她认为把内心这样赤裸裸剖开的一个人不可能继续爱那个见证这一切的人。“如果他离开我，会是因为讲述了这些而离开我。”她想。C. 像是没有听到她的声音似的继续讲述。）

——第二年我在中学开始打拳击。别人对我的厌烦让我很喜欢。体育老师说：“——你像真的对决一样在打拳。”他们不会明白我做这一切只是为了感到疲倦。中学最后一年，我爸爸死了。他们在家里揭开殓布展示了他的脸，我现在还记得当时自己心里弥漫的那种获得解脱的轻松。返回学校的那一天，因为某件事我要笑起来的样子让我身边站着的费亚兹说："——哟嗬！昨天才死了爸爸，今天就笑了。"我冲上去揍他，他们好不容易才拉开我。他的脸流血了。他们本来要开除我，英语老师提醒他们，我的爸爸刚刚去世。人们的荒谬你看见了吗？我没被开除归功于我爸爸的死！中学毕业那年，因为无聊我报考了大学文学院。只忍受了四个月，随后就去服兵役。他们让我做翻译，我心花怒放。有几次我申请派遣去军团，没有成。无缘无故地，我把做翻译服务的美国人给揍了。他们问我为什么揍他。"——因为他在扳手指头。"我说。然后，我被下放到卡厄兹曼，在那里我和伊兹密尔人在同一幢房子里住了六个月。他的名字叫艾哈迈德，但我叫他伊兹密尔人，是县长办公室的什么公务员，他总是想调到伊兹密尔去。身材矮小，行动敏捷。喝拉克[①]茴香酒我是跟着他习惯的。"——今晚咱们喝点吧？"他常说。"——喝吧。"我们坐在他的房间里。喝着喝着，他就开始话多了，满嘴胡言。我喜欢听人们说假话，他们会描述自己希望成为而无法成为的"那个人"。

① 拉克茴香酒（Rakı），土耳其特色烈酒，用葡萄和茴香制成，一般需兑水稀释着喝，兑水后颜色呈奶白色，俗称"狮子奶"，多为男人饮用。

我猜想伊兹密尔人是个没人喜欢、受蔑视的人。喝酒时讲述的那个自己，却是个气场压得过所有人的高大形象。他显示拳头的力量时，把桌子击打得摇摇晃晃。“——慢点儿，”我说，“你要把瓶子都震翻了。”我喜欢他那恶心的一招。他可以把唾沫吐到任何想吐的地方。“—— 你看到墙壁上的镜子了吗？现在看着。”仿佛瞄准一样，他稍微等一下，吐出唾沫。镜子上的口水往下流的时候，他说：“——有一天我会吐到县长的眼睛上。他惊叫时你要是能看见他那张大的眼睛就太爽了！啲！呸！中了！正中他的瞳孔。有一天我会吐到你的眼睛上。”我从卡厄兹曼离开的时候，他还没能把那口水真的吐出去。有时他晚上溜进我的房间，从我口袋里偷些零钱。酒桌上他顾左右而言他，安静下来，古怪地看着我的时候，我就想：“现在他要承认从我这儿偷钱的事了。”但他总是说：“——我们活得很糟糕，糟糕！给我拉克酒，C.！”我没给。“——拉克酒喝完了。”我说。他就咒骂：“——狗杂种！富家子里能出男人吗？我想要拉克酒。”“——喝完了。没了。”我说。他把头靠在桌子上哭了。“——我们生活得很糟糕，糟糕！”我想笑。起身扶他睡下。我自己在他提到女人的夜晚会喝很多。伊兹密尔人常讲述小镇上的一个房子。也许我是为了不要说出那句“带我去那个嚼口香糖的女人的家”才拼命喝酒的。越喝我喉咙里的茴香味就消失得越快。有时烟雾弥漫整个房间，床头四角铁杆顶端有黄铜铸出的四个我不知道名字的动物头，床上黑压压的被子，包裹住我像是要让我窒息似的，移动翻腾。那时，这间压抑的房子里，声音从远处传来，矮个儿男人对面坐着的好像不是我，是另外一个人。我起身走到街上。街上很冷，崎岖不平。没有人！家禽的主人、杂货店主、肉铺师傅、公务员都在家中睡觉！除了我！孤寂，格格不入。

突然他环着她的腰的手臂抖了一下。阿伊榭把头依偎进他的怀里，

——够了，她说，我很害怕，别说了。

他从床边茶几上烟盒里抽出一支烟点燃。她说“我很害怕”。他没有问为什么。“要是我根本没有开口讲就好了。”但其实他还有那么多事情要讲！退伍之后他去了法国、英国，那二十天的烦恼！三年来的寻觅。劳拉长着短短的茸毛的双腿……就连古莱尔那段他也还没有完全讲出来呢。他没有告诉她他对着古莱尔的双腿却亲吻不下去的事情。幽深的电影院包厢前等人的斗鸡眼女人。这个国家所有人的生活中都有相似之处。手中的烟已索然无味，他把它按进了烟灰缸。

——伦敦的肉铺师傅和伊斯坦布尔的肉铺师傅看待世界的眼光是一样的。他说。

他抚摸着披散在怀中的秀发。

6

“八月二十八日

昨晚我梦见了伦敦的肉铺师傅和伊斯坦布尔的肉铺师傅。两人像一对孪生兄弟。他们在聊天。接着，不知发生了什么，拿着砍肉刀打起来了。我被自己的叫喊声惊醒了。门开了，他顶着蓬乱的头发，进来找我。

——怎么了，发生了什么事？他说。

——肉铺师傅！我说。啊，拥抱我，抱我！不要离开我！

我们拥抱在一起。我身上每个地方都微微地疼痛。我不再害怕了，我爱你。”

……

“九月一日

我们躺在沙滩上聊天。我问他，最喜欢的画家是谁。

——梵·高。

——为什么？

——能够把自己的耳朵割下来，左耳朵。他是第一个这么做的人。

他停顿了一会儿。用奇特的一种声音说：

——但即便是他也有缺陷。在精神病院画的自画像上他没给人们展示没有耳朵的那一面。真正完整的人就不存在！

这句话跟那晚他讲述的一切没有什么关联吗？这两天他经常走神。"

……

"九月三日

我父母的信件来了不少。全是一样的老生常谈。他不知道我跟他们书信往来的事儿。我们就像无亲无故一样地过着日子。或者像是忘记了所有人似的。然而，他们是存在的，我明白。他们很快就会回来。那时会怎么样呢？妈妈见不到我能消停吗？我得提醒C.他们的存在。为什么我在害怕？"

"九月六日

这个夏季我用的蓝色染料比任何一个画家都多。"

"九月八日

在海岸上，我画着也许永远也无法完成的画。身后躺着的C.说了些什么。我回过头。

——没听清。我说。

——‘沙滩躺着舒适’和‘树木枝叶现象’。他说。

——这是什么？是原始时代的悲剧名吗？

放下调色板，我到他身边坐下。

——这是所有时代的悲剧，‘沙滩躺着舒适’，‘树木枝叶现象’。现在舒服地躺在沙滩上所以我说舒服。引申的意思是，这种舒服是对于已知的滋味进行重复的舒服。想也不想就睡着，任由时光轻易地流逝。那么‘树木枝叶现象’呢？树木的枝叶，离开树干的倾向你注意到了没有我不清楚。枝叶不断地往别的方向伸展，这是它们对于深植于泥土的树干所给予的舒适的一种逃离，是对自由的一种饥渴。我把它称为‘树木枝叶现象’，是年轻人的病。大多数‘沙滩躺着舒服’的人是女性，‘树木枝叶现象’的人是男性，也有罕见的性别相反的情况。具有‘树木枝叶现象’的人很紧张，就好比人们修剪树木枝叶以使它们更加靠近树干一样，周围的人们也会修剪这些‘树木枝叶现象’的人。为了不让他们脱离树干，人们竭尽所能。而有人不论别人对他做些什么也不会受伤，是一种顽强的枝叶，坚决地脱离，斧头对他也不管用。

他停下来。点燃两支烟，递给我一支。

——不画了？他问。

——画呢。

我拿起调色板和画刷看着大海，眼眶烧灼着。有一天他会离开我，像第一次那样悄无声息，骤然消失。他在我身后的沙滩上躺着，谁知道脑子里在想些什么。都怪他无事可做的游荡生活，再不济画个画也行啊。”

……

“九月十二日

一连五天我都以为他抛弃了我‘离开了的’悲伤等待着，这与之前等待他归来的悲伤毫无分别。时间越长越难以承受。今晚他没来吃饭。‘他走了。’我想,就是这样了。‘明天拿着行李,我也走吧。’反而松了口气。手里拿本书，我坐在客厅里。大多数夜晚我们本会一起坐在这里的。有一会儿，我起身从柜子里拿来湿湿的葡萄。我还以为今晚柜子里连葡萄也不一定有的。很晚的时候他回来了，面色苍白。我放下书靠近他，他伸出双手阻止了我。

——别过来，他说，我的嘴巴里都是茴香味，我醉了！

他回自己的房间关上门。他喝拉克酒想要摆脱的是什么？难道说从一开始到现在，我们俩只不过是玩了一场相爱的游戏？真实的只有我内心的这种空虚吗？不！还有别的东西，但已日渐消弱。”

7

他擦干脸，把毛巾挂到钉子上。快十点了。今天早上在起床时，他做了一个明确的决定。他会坦率地同她谈一谈，不能再这么拖下去了。他的脑子里回荡着阿伊榭昨晚说的一句话：“——今天我收到了爸爸的信，十天以后他们就回来了。”这是她第一次提到他们。好几天了，他们两个都似乎等待着有什么魔杖碰碰他们的肩膀，能让他们回到最初那些天的轻松。没有发生。世界上既没有什么魔法师，也没有什么用魔杖一点就砍掉的树木。最好的办法就是坦率地谈一谈。

他朝阿伊榭的房间走去，在五颜六色的桌布上看见了纸条。他拿起来念：“午饭时我会回来。”不知道她去哪儿了？还得等两个多小时。他把纸揉皱扔掉。“我看会儿书？前几天我看见你手里拿着福克纳的书。书名是什么？”他打开她房间的门。屋内隐隐约约飘散着熟悉的秀发香味，他今天就要和这香味告别了。桌子上排列的书旁边有一个黑皮笔记本。他翻了翻，很惊讶，没想到是她的日记。他笑了，本以为只有高中女生和伟大的作家才会写日记的。他从提到自己名字的地方开始阅读。

她提到了赛姆拉。“瞧你！我全心全意坐在你身旁，你却在观察赛姆拉。现在我明白你为什么在窗口看见她了。这么说就算回到最初那几天，也没用了。总是这样，没有改变。”七月二十三日只写了三个字：“我爱他。”这句话他也不相信。“骗人！你要是爱我，就不会知道那一天是七月二十三日了。”他跳过五页十页没有看。那句把所有错都归咎于他的无事可做让他笑了起来。“难不成今天早上她为我找工作去了吗？”又翻过一页，他看见最后一页上的三行文字：“他受不了我父母的存在。为什么总是期望我做到一切？而他自己甚至无法摆脱已经死去了的父亲……”他像是被棍子击中头部一样，踉跄几步，寻找能抓得住的东西。这应该是昨晚才写的。“甚至无法摆脱已经死去了的父亲。”让他的内心如此绝望的难道是这句话所讲述的事实吗？两个半月过去了，耳朵都没再发痒——“我一次都没有搔痒吗？”——我都可以亲吻她的腿了，她怎么还会这么想？他记起来了，他自己告诉过她的。他把手中的日记本放回原位，快步走开。打开大门，出去了。

在海滨娱乐公园里，他一坐到一张桌子的前边，就认出这是之前那天坐过的那张桌子。对面玻璃窗的一角那个马蹄形裂纹还在。形状像锁孔，特别大的一个锁孔。

透过这样一个锁孔，人能完全看到房间里的情况。玻璃背后是一片灰土色的大海。天空上的云朵，是加了水的拉克酒的颜色……“服务员怎么还不来！”

——对不起，先生。我们还没有开张，请您稍等一下。

在这面朝大海的玻璃窗面前他等不及了，立刻就想喝酒。他从口袋里掏出一张纸币，递给服务员。

——我要拉克酒，他说，现在就要！酸奶黄瓜凉汤，橄榄油烩豆子之类的，随便上点儿。

托盘上圆圆的秃顶弯下身，然后直起身，显然他给服务员的是一张大钱。他勉强克制住自己想往这圆秃顶吐口水的冲动。“这就是什么锁都能打开的钥匙。是吗？我总是给钱买个安心！这就叫作安心？用偷来的钱买奴隶一样……为什么他们想不到‘——这个人需要喝拉克酒’？‘你怎么不在家里喝？’‘——我就是想在这里喝怎么啦？’‘——你等一下。’‘——我要是等不了了呢？’你说说！有别的办法吗？我……”服务员把手中的东西放到桌子上就走了。“……谁收下钱我就给谁钱。”他把杯子倒满，重要的不再是酒是怎么来的，而是赶紧喝下去。他的脸皱了起来。这茴香的味道他不喜欢，但他寄希望于从拉克酒里找到之前几次曾有过的那种解脱感。

一个小时以后，娱乐公园的人越来越多，笑声开始增加，他又点了一小瓶酒和一碗酸奶黄瓜凉汤。越喝烦恼却好像泡了水似的涨得更大，没有解脱。他左右环顾，挑选吸引他视线的某一个，在脑子里给这人设想一个糟糕而混乱的人生。他先是给这人设想一份工作。他给那人设想的生活越糟糕，他越是感到高兴。他选择的牺牲品都是笑得最厉害的人。有什么可笑的？不都跟他一样活在这个散发着葡萄酒味和茴香味的世界上吗？他的耳朵轻微地嗡嗡作响。明知道喝完面前的那瓶酒他会吐出来，他还是继续喝。他的鞋子显得越来越小，双脚似乎又麻又痛。他每过一会儿就活动一下自己的脚趾。

他点燃了一支烟。上次他来的时候，从玻璃窗上的裂纹只是联想到“马蹄形状”而已，但是今天为什么联想到了锁孔呢？他是否曾经透过锁孔窥视过一个房间的里面？“有一天晚上，那个夏天。醒来后，房子里的除了床垫的咯吱声没有其他的声音。他从床上起来。光着脚，静静地走着……我在阿姨的房门口站住。没有声音。不，有声音。鲜活的肉体的声音。我弯腰从锁孔往里看。在夜晚的灯光下，只能看见一张椅子的一半。上面扔着一个小小的白色布料。只有……为什么锁孔不再大一点儿呢？布料是一件男人的内裤吗？……他被掉到地上的叉子声惊颤了一下。他把烟送到嘴边时，看见右边桌子上坐着一个男人。他没有听这个男人给对面的朋友说些什么，只是盯着男人看。眼珠子动也不动。男人年纪很大了，鼻子是尖的，头发梳理得一丝不苟，发色浅黄。他的脑子又开始转了：“喝酒的时候都没有碰自己的头发。很明显，年轻的时候很好看。富家子里能出男人吗？工作？肯定是老师。现在每天早晨刮胡子。对待自己的学生们……”男人微笑起来。

——我把您看成了另一个人。他说。

男人的眼睛是深蓝色的。他把烟扔掉。

——你认识我的父亲吗？他问。

——我怎么知道……他叫什么名字？

——我忘了。他说。

他起身离开了。从说笑着的人们坐着的桌子之间穿过，把钱给了服务员。出去之前最后一眼看见的是服务员托盘上的秃顶。这一次他心里没有冒出往那儿吐口水的冲动。

天气阴暗，他背对着大海往前走。他对里面的老师说自己忘记了父亲的名字，他撒谎了。他知道自己永远无法忘记。把男人当成另一个人也许不过是相识的借口，再聊一会儿的话，他们会邀请他加入他们那桌的。礼貌的“先生”“鄙人我”这类用语还将开启小酒馆里称兄道弟般的亲热。“——鄙人我吃油香面包碎，甜点不爱放奶油，口味喜好的问题。朋友们都感到惊讶……”人们就是这样的。喝酒的人和不喝酒的人在火车旅途中有固定期限的熟识，而喝酒的人，对于这种熟识感到满足，抑或是酒馆里的那种熟识。不说话就咽不下去东西。他想起了从卡厄兹曼返回途中的火车上，对面坐着的那个男人，一直不停地说话。“——餐馆都很便宜，先生。就连一瓶啤酒也才四百七十五个库鲁士！您看，我记在本子上了。二十五个库鲁士的小费和五里拉。我每天都记下各项花费，这样好，清楚。比如说去年三月二日，花了多少我都很清楚。一个库鲁士的水我也都记着。”正说着，上方行李架上一个木质箱子砸在男人的脑袋上。“怎么也会晕倒的吧。”他这么想着。可那家伙挠挠头说：“——请不要担心，脑袋习惯了。小时候一辆水牛车轧过去了也没什么事。”“那时我可真够客气的。我既没有叫那家伙闭嘴，也没有甩手走开，一直到安卡拉。之后就没有别人了吗？”在哪儿人都是这样的。他们想要捷径。总是一样的调调，什么爱啦，友情啦，都是空话。他没有看过往的人。左边一幢房子里的一个女人在唱一曲民间小调：“从你的手中喝个水，爱——哟——爱——的——个——人——哟——”也许这会儿阿伊榭正在家里等他回来。他不会回去的，现在他没法跟她交谈。他做出了今天第二个明确的决定：黄昏时分跟她谈一谈。

他边走边观察两边的房屋。很久以后，他跳进一个尘土飞扬的乡村路边的沟里撒尿，才感觉到了双腿的疲惫。这种疲惫他曾经历过。从来时的路返回城市途中，他的胃在翻腾。

“去小酒馆喝酒有什么好的！最好的就是这样走走，不是吗？今年夏天我怎么把走路给忘了呢。我坐得太多了，不对，我躺得太多了。我害怕流汗，害怕疲劳。我太舒服了，对舒服的执念跟那些手上提满袋子的人没有分别。甚至在我对她喊着‘没有别人，只有我们两个人’的时候，我其实也和那些‘别人’没有两样。你为什么笑？这一个月有哪天晚上我没有往家里带回葡萄吗？”我总在同一家水果铺买葡萄吧？那天，眉毛浓密的水果铺师傅递给我一个大大的纸袋子，‘——你很喜欢的拉扎克[①]葡萄。我一看快卖完了赶紧留下一些。’他这么说让我很高兴，没有吗？把钱递给他，我在店铺的镜子里看到自己抱着纸袋的样子觉得很尴尬，好像镜子里的并不是我自己似的。我是晚上吃上拉扎克葡萄就会开心的人之中的一个。我再也没有去

① 拉扎克（Razakı），葡萄品种，椭圆形，较长，皮厚，又大又甜。

买葡萄了。也许我们之间的改变就是从那天晚上开始的，或者是她想要拉上窗帘的那天晚上？也许更早。我把杜鲁门·卡波特的短篇小说给她的那一天，她阅读的时候我是多么的开心！因为让她品味这巨大的乐趣的人是我啊……‘——觉得故事怎么样？’‘——很好！要我把葡萄拿过来吗？不知道冰了没有？’我心里的什么东西被打碎了。就是这样。”他点燃了一支烟，胃在翻腾，他打了个嗝。天空总飘浮着娱乐公园玻璃橱窗上见到的、加了水的拉克酒那种颜色的云朵。

路两旁的房屋再次出现在视野，这时他感觉最糟糕的事情就是看见街上的女人。他不用看也好像感觉得到。他走得很快。走到沙滩前就走得更快了。他想尽快到那片狭小的沙滩。走到那里，他面对着大海站定。他累了。环顾四周。大多数的下午，他躺在这里，看着她。有些日子里，她裙子上的黑人女孩子们在飞舞。阿伊榭，背对着他，画着那幅《两个人相爱的海滩》。这句荒谬的话是谁先想起来的？世界上没有那样的大海，最多不过是有两个人交配的大海。这死气沉沉、灰土色的大海！在这里，他第一次亲吻了她的腿。那场暴风雨后的那种气息到哪里去了？他们亲吻时心脏的剧烈跳动是怎么回事？为什么又消失了？难道所有这些仅仅是欲求，是血气方刚的肉体焦灼吗？“这不是，不是，不是！”（闭嘴，别叫了！要不然，我们就相信了。不过，人理亏的时候，喊叫得更厉害。）

他飞快地脱衣服，差点儿扯掉纽扣。他没带泳裤，但这没有任何影响，他就穿着内裤下海。他走下海，冰冷的海水缓缓地浸过他的身体：从脚面上升到小腿，又从膝盖升到大腿……随后，内裤也浸湿了。这是一条男人的内裤。他闭上眼睛，扑进海水。不知道父亲也常游泳吗？没有解脱这回事。“为什么没有！在海底的静默中被鱼的牙齿噬咬……上学的时候，有一个长着鱼眼的孩子。为什么不是长着人眼的鱼？我真的好累！……”他使尽全身的力气，让自己直立在水中。“海底不接受人的尸体。”他觉得过了很长时间以后，才游回岸边，双脚踩到滑滑的碎石，脑袋浮在水面上。这个没有躯干的脑袋一定显得很怪异。此刻，他的脑子里闪过的念头是，如果自己被淹死了，谁会找到他的衣服。在远处，他看到大城市里干巴巴的一些宣礼塔塔尖。从岸边隐约传来人们活动的声音。发间粘着的一滴海水缓缓滑落到嘴唇上，他舔了一下，是咸的。“这个味道？”他记起来了。泽赫拉阿姨从市场买回青李子，他们一起沾着盐吃。“——别再吃了，你的牙齿要被酸掉啦！”她的目光中总是闪烁着爱的光芒。突然，他浸在海水中的毛发感到一阵寒意。这么自欺欺人地继续下去，有一天他总会找到答案的。他踩着湿滑的砾石往前走。先是肩膀露出了水面，然后是胸、手臂、腰、内裤、大腿、膝盖、大腿、小腿、脚。他湿漉漉地穿着衣服。现在，他可以去找阿伊榭谈一谈了。

离家越近，他觉得湿内裤越紧地粘连着裤腿根，往下滑。在海岸边穿上的时候，他怎么没把它脱掉扔了呢？人意识到该做的事情时总是太迟了。进了屋他把门关上。头轻微地发疼。

——阿伊榭！他叫着。

没有一点儿声音。他用眼睛搜寻四周。桌子上放着一张纸。他走近它。纸的角被压在摆满鲜花的花瓶的底下。他拿起来念道："整整一个星期，我每天都等着你抛弃我离开这里。这种等待的悲伤滋味你无法想象！我受不了了，我走了。也许是我们没有能力得到更好的。我不知道。再见！"所有的一切居然在他不在的时候发生又结束了，在他们之间乏味的谈话没发生之前。突然间，他感到一种难以置信的轻松。他把手中的纸扔掉。"我看了她的日记，她生我的气的事为什么没写？"他发出奇怪的笑声。现在已没有什么可做的事情了啊？"哈，那条内裤……"他回房把内裤换掉。把厕所旁放烟的茶几搬到客厅。把客厅花瓶里的花扔掉；把水倒掉。把花瓶放到床边。点了一根烟，躺上床。他累了。用左手揉额头时，他做出了今天的第三个明确决定：明天拿上行李回城。

秋季

1

一个男人坐上开往玛驰卡的电车，打算从苏丹艾合迈德[1]站坐到霓尚榻舍站，从车窗往外看，既没有看见爱上的女人，又没有看见什么熟人，却在中途下了车 ，这是为什么呢？有时候，看见救火塔也会成为一个下车的理由。这个男人，吃完午饭走出拥挤的餐馆，没有目的地走着，一眼看见在电影院幽深的大包厢门前等人的斗鸡眼女人，转身就往回走。一直走到阿兰穆达尔，走过童年时生活过的两层楼老房子，脑子里充满那些日子或隐或现的混乱记忆。搭上一辆电车，独自一人，漫无目的地游荡着。这个男人在哪儿下车，包括他自己，谁也不可能知道。他远远地看见加拉塔那条街的那一刻，冒出了赶快下车的念头，匆忙中撞上了一个女孩，想也没

① 苏丹艾合迈德（Sultanahmet），法蒂赫区一个街区，是老皇宫、圣索菲亚教堂、蓝色清真寺、地下水宫等名胜古迹聚集的老城区中心。

想地说了声“—— 对不起！”没有去看她的脸。(这个女孩B.。她连续两天去看望病倒了的古莱尔，正在西西哈奈站上电车。她觉得撞到自己手臂的这个男人在哪儿见过。)

他朝着救火塔那条街上走去，这座城市里有他无数的回忆。他记得，对面的一间公寓里住着“在三个房间一个厨房里寻找幸福的古莱尔”。“就是那家咖啡馆！那天，我因为她的脚会被淋湿而特别不高兴。那家咖啡馆里的服务员长着六个手指。古莱尔现在这会儿该是在上课,上一堂无聊的课。”他拐进街里。这条街上有什么呢?为了和她第一次在这里开口说话,他足足等待了三天。“然后呢？什么都没有！我甚至亲吻了她的耳朵。”对于他来说，可以亲吻一个人的耳朵是不能被忽略的大事。在他的头脑深处一道光芒闪过，又熄灭了。他心里升起了希望，是他想要记起来一件可能是关于耳朵的事情。他重复了一遍 :“我甚至亲吻了她的耳朵。她的耳朵。”还是没想起来。他清空脑子里的东西，再次使劲地想了一遍，还是没想起来。他搔搔耳朵。似乎是救火塔把他的舌头给吞掉了。在他对面有一个女人推着一辆婴儿车迎面走来。女人们已不再把孩子抱在怀里了。“怀里！”他一下子轻松下来，想起来了 :从电车上下来时，阿姨把他抱在了怀里。他们正要去一个熟悉的医生那里看病。其实，他没有病。阿姨的怀抱柔软、舒服。他摇晃着却目不转睛地盯着救火塔。过了一会儿，阿姨说："我没力气了，从我怀里下来，走一走！"他抱住她的脖子，没有下来。她的怀抱很舒服。他的鼻子里都是她的气味。

他点燃一支烟停下脚步。这条街终于揭开了对他隐瞒的秘密，原来他游荡的终点一直是泽赫拉阿姨。今天他一看见电影院前那个斗鸡眼女人就照旧又走到阿兰穆达尔去了，不是吗？他寻觅的，也许是那个出卖肉体的斗鸡眼女人。他为什么没有去和她认识一下？他被脑子里的这个想法吓到了，无助地朝两边望了望。左边杂货铺门口站着的铺主问：

——您在找什么东西吗，先生？

——是的！旧时的一种气味。他说。

——这里您是找不到的，去街上的药店试着问问吧。

于是他往回走。这些药店给有烦恼的人卖戴尔芒牌的药品，但药店没有他想要闻到的气味，他知道去哪儿找了。

走上街道，他跳上一辆电车。在加拉塔萨雷站下车，来到电影院前，但斗鸡眼的女人不在。他一连抽了两支烟。对面的海报上嘴大牙齿也大的一个女人的裙子飞扬，露出了双腿。他已不再畏惧女人的腿了，而他原本以为自己只敢抚摸阿伊榭的腿。两个人分手的时候，会留给彼此一些痕迹。这是上周在萨吉黛的房间里他弄明白的。他们是在一家店里找唱片的时候认识的。二十天以前，从避暑的地方回来以后，他在自己家里弄了一台唱片机。以前他是怎么去收集书籍、画作的，现在他也那么去收集唱片。萨吉黛就在那家店里工作。她是一个寡妇，和妈妈、继父和三个亲妹妹一起住在塔尔拉巴舍[1]一座楼的第二层。那天晚上看完戏剧回她家的时候，萨吉黛说："——他们要是醒了，我可就完蛋了。还有那些住在一楼的人。"他没有把身旁的女人带回自己家，也许是从她那紧张、畏惧的表现中感到一丝算计的意味。他一只手提着鞋子，另一只手握着萨吉黛因紧张而僵硬的手掌，和她上每一级台阶都同时落脚，心里一面不耐烦，一面为自己没带她回自己家而后悔，一面还抑制着扔掉鞋子大喊"嘿，醒来吧！大家伙儿！"的冲动——两人蹑手蹑脚在黑暗中爬到木质楼梯的尽头，进入她的房间。房间里空气陈腐，一股"黑猫"的气味，窗帘下垂，在粉色的灯光下，他双膝跪在地毯上，一边忍着膝盖的疼痛，

① 塔尔拉巴舍（Tarlabaşı），贝伊奥路区一个拥挤、老旧的街区。

一边抚摸她的双腿，没有听到脑袋里那意料中的可怕的嗡嗡声。两天后，麻烦开始了：她双唇涂着口红，身上喷着香水，提起了结婚的字眼；他就再也没去那家店。

他一下子把那个牙齿很大的女人、萨吉黛、在票房买票的几个人从脑子里全部清除。他等的那个女人从影厅的门出来了，正往外走，看到他，她的脚步停顿了一下，看了看四周，靠近了他。一年来每次遇见这个女人，他都能看见泽赫拉阿姨的影子。现在，他单独和这个女人面对面了。她的背上有一件磨损坏了的棕色衣服，手臂上一个大袋子在晃悠。她站在他旁边，好像在看墙上的海报似的，没有把脸转向他，只蠕动了一下嘴唇，用一种过一会儿要是有人误会她就会说“我没有说话”来否认指责的方式，缓慢地声音嘶哑地说：

——我们一起进去吧？

他强迫自己在这个普通、毫无个性的鼻子上，这个自己卷的蹩脚的赤褐色卷发上，寻找阿姨的影子。头发没掩住的耳垂上，有一个绿石头的大耳环。

——你为什么不看着我？他问。

女人向他转过来的斗鸡眼里那巨大的不情愿背后掩着湿润的光芒，被他看见了，心里一下子就涌起了靠近她的脸来看看这光芒的强烈愿望，心脏难耐地跳动起来。

这双眼是泽赫拉阿姨的眼睛。女人又问：

——我们一起进去吧？

她在叫他进去，去那些个幽深的包厢里的一间。她的嘴唇苍白，紫红色唇瓣上一些细小的裂纹。费亚兹曾说过：“——她们不让别人亲吻自己的嘴唇。”

——这里不行。你可以去我家吗？

——我去你家的话价钱就高了。

左边太阳穴，眼睛附近，他感到一闪即逝的疼痛。妓院里那个把腿坐出红印的女人曾说过的，“——把钱给下面的嬷嬷”。这个用阿姨的眼睛看着他的女人，给肉体的开价随机应变，也许在他们现在所在的地方跟无数个男人讨价还价过，这句也是说习惯了的。他打算带她离开这里。

——来，他说，不要谈价钱，我给的比你想要的还多。

——你家远吗？

——不远。

他们穿过拥挤的街道在对面街道上了一辆出租车。一路上，女人一直望着车窗外。“现在对她来说，我只不过是她成千个恩客里的一个而已。将来，她不会为曾对我说过‘去你家价格就高了’而感到羞愧吗？”他们一句话也没有说。在他的公寓前下了车，他把钱给了司机。

两人并排上楼梯时，声音里带着疑惑，女人问道：

——你住在这里？

——是的。

他打开门。

——一个人？

——是的。

——这么说你没结婚？

——没有。

他带她往客厅走。女人站在客厅里环顾四周，似乎更加疑惑不解。她把包放在桌子上的书旁边，转身对他说：

——我简直没法相信你会带我来这儿！你想要哪个女人，她们都会来的。

她的声音粗糙而疲惫。她眼睛里熟悉的光芒没有在闪烁的话，他本来可以想一想她声音里的疲惫是怎么回事的。

——我想要的是你。他说。

他想如果他去拥抱她，把头靠在她的胸口，自己就会再次感受到以前在阿姨的怀抱里的那种气息了。如果她身上有这种气息，就算是被汗味毛发味掩盖，他也能感觉得到。他的鼻子很敏锐。他惊讶地发现，女人把他的手从胸前推开，开始解自己的纽扣。

——你在干什么？他喊道。

她走近他。

——我在干什么？我不用脱衣服吗？

——别着急。他说。

等着她自己坐到长榻上，呼唤他到她的怀抱中去，显然不可能。一切都得他去安排。他抓住她的手臂。

——坐在这儿。他说。

他让她坐上长榻。把头埋进她的怀里，躺了下来。在以前的老房子里，他就是这样总在阿姨的怀里躺着的。他的耳朵碰触到她的肚子，听到了缓慢的断断续续的咕噜声。他没有在意。以前阿姨的肚子里也有咕噜声吗？他不记得了。闭上了眼睛，舒展鼻子嗅了几下。也许再次闻到旧时的气味是不可能的。阿伊榭的头发气味，即使他明知道不是，不也还是当成阿姨的气味了吗？也许在他意料不到的一刻，他会闻到那种气息。

——抚摸我的头发啊，你。他说。

以前在阿姨怀里的时候，阿姨会挠一挠、拉一拉，再摸一摸他的头发，而不是现在这样。斗鸡眼女人的一只手敷衍地慢慢地游走在他的发间。以前有些夜晚，女邻居们来家里。他甚至能回忆起其中一个女人的面容，真奇怪。那时，他睁开眼睛就总看见阿姨蠕动的嘴唇。

——你怎么一句话都不说，他说，给我讲点儿什么吧。

——你想让我讲什么呢？

——我怎么知道，你的童年什么的……

敷衍地游移在他发间的手停了下来。被他的头枕着的腿动了动。

——你是个奇怪的男人，居然问像我这样的一个女人的童年。别的男人往往好奇我是怎么开始做这个的。你想听的话，让我告诉你我是怎么开始的。

——我不想听。我看你总是在电影院门口，难道他们不赶你走吗？他们不知道你在那里做什么吗？

——怎么可能不知道！我挣的钱有一部分就是给那些人的。不过，他们很快还是会赶我走的，我知道。活着太难了。

他睁开眼睛。这句活着太难让他从远离世界，孩童时体验到的那种宁静中跌回现实。在这个让他回忆起那宁静的女人身边，就一天而已，都逃不开这个世界吗。他后悔问了那个问题。他想听的是完全不同的东西，比如一道菜的食谱。孩童时，他常常听到的就是食谱。

——对我说一句，“果酱成形了就拿下来”吧。

——我不懂。这是什么？

他重复了一遍。女人的嘴唇动了。一种粗糙，疲惫的声音：

—— 果酱成形了就拿下来。她说。

完成这个游戏只剩最后一件事了。

——低头！他说。吻我的鼻尖。

女人俯下身。脸靠近他的时候，她的眼睛对得更明显了，眼里湿润的光芒后隐藏的厌倦被他看见了。女人吻了他的鼻尖，站起身。“在我身边她觉得厌烦。”他顿时觉得羞愧。他忘记了她也是一个会感到厌倦、艰难求生的人，他好像把她当成了一个实验品使用了。“用钱租到的！”他在一个奇怪的实验室里做了一个失败的实验。还是不行。宁静的一天里，无法感到宁静的人，没有解脱。女人问：

——难不成你从我身上想要的是另外一种东西？

——什么？

——另外一种，亲爱的，你懂的！从另外一边……有些男人想那样。别遮着，直接说出来。

他直起身，左太阳穴，靠近眼睛的地方，他再次感到那疼痛。这就是她活着太难的“一天”。女人怀疑他是个变态。他没有生气。每天在那些幽深的包厢里，谁知道她都遇到些什么人。

——不，他说，我什么都不想要。现在你可以走了。

——你说我可以走了？

——是的。

——不拿上我的钱，休想我从这里走开半步！

这是一个捍卫自己权利的人所发出的骂街的强硬的声音。她的眼睛晦暗、干涩。他从口袋里掏出五十里拉递给她。伸出来拿钱的手上，部分指甲油脱落了的指甲很长。女人拿上桌子上的包，把门打开。在门口站住，看着他。

——你……

她没有说下去，走出门。她本来要说什么？随后大门关上了。从此以后，斗鸡眼女人也不存在了。他点燃了一支烟，把收音机开关拧开。

2

有时候他不想吃饭。遇到这样的日子，他就逛城里一家又一家的餐馆，寻找某一道菜。奇怪的是，他所找的菜大多数情况下要么过季了，要么还没有到季节。又累又绝望时，走进一家餐馆里，找到了这道菜就坐下来，从放到面前的餐盘里吃个一两口。好像他找的不是这道菜，期待的是另一种味道似的，无精打采地把盘子一推，点葡萄酒喝。他喝得很厉害。有些晚上，正往杯子里倒酒的时候，他却把手里的酒瓶一放，站起身来，把钱付给惊讶不已的服务员，像是要去哪儿快迟到了似的，走上街道。在行走和坐着的拥挤人群中寻觅“她”。

没有胃口的日子总是在他左太阳穴感到疼痛的时候降临。这种疼痛再也不会转瞬即逝，而是持续好几个小时。有一天，他受不了太阳穴的疼痛，就进入一家小药店买阿司匹林，店里的女孩说：“——按摩管用，要是您愿意的话，我来按。”他的心里涌起一种遗忘了很久的温情和放松，生怕吓跑她，连她的眼睛都没有看——只看见她白围裙上一个裂了的纽扣——他让自己的脑袋沉浸在她冰凉的手指揉捏带来的舒服感觉中，过了好久，他听见女孩的声音说：“——思考得太多了这里就会疼。您一定有一份让大脑非常辛苦的工作。您是做什么的？“—— 我不工作，我只游荡。”“——啊……！”他的太阳穴上的双手缩了回去，好像一个游荡者的脑袋就不是一个人的脑袋似的。出门的时候，他回过头来说：“——我是靠偷来的钱过日子的。”女孩的眼睛大大的。

3

他从理发店粘着粉的镜子里，看见手里翻着杂志的一个男人。这个等着刮胡子的男人没有参与谈话，但他知道，这个男人在听。“或许他也和我一样无法认为那女人有罪过？”被理发师傅和领班恭敬地称作“塞伊夫先生”的男人正在另一张椅子里刮胡子，男人说：

——说出来嘛，那个男人眼睁睁地被戴绿帽子了。

——眼睁睁地被戴绿帽子倒算不上。因为他不知道怎么回事。女人的情人，丈夫上班的时候，女人让情人进去。下午的时候，他们在一起待好几个小时。丈夫回来的时候，另一个男人早就走了。

理发师傅触到他的下巴时，他把头靠到椅背上，仰头看天花板。他不想看见给他的胡子抹肥皂的理发师傅的脸，他在生理发师傅的气。又虚伪，又爱拍马屁。“——这条街得有自己的荣誉，对不对，赛伊夫先生？”理发师傅说。自他坐到椅子上到现在，理发师傅、领班还有赛伊夫先生一直在谈论对面公寓里那个背叛丈夫的女人。就他弄明白的情况而言，这不过是世界上许多类似的三角关系里的一个而已。这个女人身上也有他想指责的原因，但他做不到。“最重要的是没有告诉她的丈夫，她没有把那句‘我不再爱你了，我有了别人，我们分开吧’说出来。但他仍然无法认为她有罪过。是因为她只和一个人好了？还是因为她的丈夫长着胡子？或者是为了证明自己跟谈论这条街的荣誉、道德的那些人不是同一类的呢？”天花板上蓝色的罩灯上有一只苍蝇在游弋。

——她丈夫也不太老。两三个星期会来一次我们这儿刮胡子。一个好人，工作稳定，爱说话。

他闭上眼睛。“我不相信他是一个好人。他们待在固定的模式里生活，觉得舒适。我和他们不是一类人。”为了尽量闻不到他近旁的这只手里浓郁的香精味，他用嘴巴呼吸。剃刀刮上唇的时候，他觉得很疼。那里总爱发疼。

——应该有人告诉她丈夫。这是人的道义。

——您说的没错，但是赛伊夫先生，他要是不相信呢？他要是说“你是在诽谤”，还起诉告个侵害名誉罪呢？

他睁开眼睛。“人的道义，哈哈！”他和等着刮胡子的男人在镜子里对视了一下。男人俯身去看杂志。

——最好是指给他看。哪天，她丈夫吃完午餐从家出来，我就把他叫到理发店来，和他说：“兄弟，你住在那二楼，对吧？你看，窗帘现在是拉开的。过一会儿会有一个人进公寓。（他把脖子上的毛巾拿下来。）那个人走到你住的那层，你妻子就会拉上窗帘。（他在水池前开始洗脸。）你如果等着的话，就会看见那个人一走上街道，窗帘就会再次拉开，你妻子在他身后目送他离开。如果你愿意的话，也可以在窗帘拉上以后进去当场抓住他们。”（他把脸擦干。）要我把您的头发打湿吗？

——不必了。

理发师傅把他的头发梳好，把酒精花露水瓶递给他。

——我不用。他说。

他站起身，想尽快离开这里。把钱放到桌子上他就走开了，他要去告诉那个女人理发师傅打算做的事情。在街道上，他靠在一面墙上，看着对面的公寓。第二层的窗帘是拉开的。“现在女人在里面，跟她的丈夫在一起。天马上就要黑了。也许理发店里的交谈是他们看见丈夫下班回家时开始的。今天没法告诉她了。明天？”为了弄清楚街道的位置，他环顾四周。过往的人从他面前走过。忽然之间，他心里有一股不情愿弥漫开来。他说了又会怎么样？女人也好，那个男人也好都会开始不安，也许会减少次数，去别的地方见面。也许他们会害怕，会分手。他们要是真的相爱，就顺其自然好了。直到被抓住之前，他们可以享受啊！他点燃一支烟，同时向街上走去。明天他不会经过这条街的。他感觉背发痒。颈背剃须之后，不洗澡他就不舒服。讲荣誉的理发师傅，八卦的时候分心了，没有把围脖布塞严实。世界上充满了理发师傅、赛伊夫先生这类的人。“那等着刮胡子的男人呢？一句话也没说。难道说他就是那个女人的情人？可真是个强壮的男人，说实话。”他有些怀疑。人们的身份第一眼是看不出来的。他希望自己的眼睛有这么敏锐。那样的话，他寻觅的东西，不出错，就可以迅速找到了！谁知道有多少次他看到了“她”却没有认出来呢？要了解人们，就要带着怀疑辨别听到的话的正确性，看清楚他们的行为举止。人，就算这么做了，还是会迷惑。不知道是否有身份没有被认错的人？他想起了跟古莱尔见面的甜品店服务员。服务员从不说话。他们离店的时候，他都会留下丰厚的小费，却连声“再见”也听不到服务员说。他每次都喝橙汁，服务员却连一次都没有主动给他上过橙汁。服务员是认得他的。“只认得我吗？还认得古莱尔。还有我们之间关系的变化，服务员也发现了吧？那天服务员没有带来折成四折的报纸。他怎么会知道的？这份工作有什么秘诀吗？我要去跟那个服务员谈谈。我衬衫领子上沾上的碎发怎么办？然后……”他追着经过身边的电车跑，然后跳上了车。里面很挤，进进出出的人蹭擦到他身上，他没在意。他在想那个服务员。他要坐到甜品店里他和古莱尔见面的那张桌子上。他还是会点橙汁——“也许他主动会上”——会等着他下班。服务员会明白他是为什么来的。下班后，会到他这张桌旁来，碰碰他的肩膀，说：“咱们出去吧，这儿没法谈话。”他们会到后面街道里的一家阴暗的小酒馆里去谈话。

他在帕尔马可卡波[①]站下了车。走进甜品店时，那张桌子是空的。他坐在了以前常坐的位置。好几个月了，这里没有任何变化。墙角仍然是同样的绿色座椅。要是服务员主动上一杯橙汁的话，作为人生中的第一次，他也许会不生气就喝下去。

——您要点什么，先生？

他抬起头看。突然，左太阳穴靠近眼睛的地方那个疼痛又开始了。对面打着黑领结的一个英俊的服务员，带着职业的微笑看着他。他站起身走了。那就是说，老板终于觉悟了，把之前的那个赶走了，雇了这个真正的服务员。走出门时，他迎面碰上了萨德克。

——哇！萨德克惊呼。是你啊！你还活着呢？怎么一次都没来找我？你要去哪里？先别走咱们坐一会儿吧。

——别在这儿坐。来！（他抓住萨德克的胳膊把他拉到路边。）咱们去别的地方吧。

① 帕尔马可卡波（Parmakkapı），贝伊奥路区一个街区。

——为什么不坐这儿？

——他已经不在这儿了，被解雇了。

——谁被解雇了？

——以前这儿有一个能看透人是个什么狗屎东西的服务员。现在不在了，被解雇。

萨德克笑了，对他说：

——你还是以前那个怪物。打了你的那些裁缝怎么样了？你还在找他们吗？

——我在米尔衮找到他们了。不过，他们没长胡子。

——然后呢？

——很糟糕，别管他们了。现在咱们到哪儿喝点儿酒去吧？

——我本来打算去看电影的，听说有一个好片子。

——你明天晚上也可以看嘛。来吧，咱们还能稍微聊一聊。

他们走进小酒馆等葡萄酒上来，他心里有种不耐烦。他试了试：喝上两到三杯酒，他就不觉得左太阳穴那里疼了。萨德克说：

——我看你好像瘦了。

——是的，我这阵子没有食欲。

服务员把酒瓶、开胃小菜放下就离开了，他把酒杯都倒满了。为什么他谈到自己大多数夜晚都喝酒的事情会感到羞愧呢？

——你呢，这阵子怎么样？他问。

很长的一段时间，偶尔喝口酒，他倾听着萨德克的讲述。画室里的、家里的种种烦恼。找不到的颜料啦，生存的艰难啦，他怎么听都没什么兴趣。他想知道萨米的情况。

——就是这样。你为什么喝这么快？

——我这儿疼，断断续续一个月了。喝葡萄酒不但不会更疼反而可以缓解，我就觉得舒服。

——你有没有去看医生？

——没有。

——去看一次吧。

——好吧。萨米怎么样？你认识的，在那里打工的孩子。

——是的。

——他看得懂别人，会成为伟大的画家。

——是的。

萨德克的脸上闪过一道阴影。“难道他在嫉妒？”萨德克举起杯子。

——萨米最近几天心烦意乱，他说，他的姐姐好像有些焦躁。

——让她结婚，就解决了。

——她在读大学。

——那好，别让她上学什么的了，结婚就对了。女孩子要是有什么焦躁的事情，就赶紧嫁人。要是已婚妇女焦躁，那就赶紧离婚。一定奏效。

——你不是讨厌一概而论的吗？

——这不是一概而论。反而可以说是“个体化”。

他叫来服务员又点了一瓶葡萄酒。在拥挤的小酒馆里每个人都大声嚷嚷着说话。他填满酒杯的时候，一个男人笑了起来。附近的一个声音在说：“——干得好。种瓜得瓜，种豆得豆！”之后的内容他没听见。萨德克把自己的烟盒递给他，

——你怎么样？萨德克问。这段时间你在做些什么？

他不再感到羞愧，可以说出口了。

——我大多数晚上都在喝酒，他说，我可以说是为了不让太阳穴疼痛，为了增进食欲，但不是因为这些，我知道。我是为了摆脱一种绝望才喝酒的。也许是为了摆脱我自己。喝酒的有两种人。一种是像我这样的，带着期待酒精带来解脱的羞愧而喝酒。看看周围这些人。他们为什么要喝酒？为了减轻生活在社会里的压力、负

担，为了不用压抑地喊叫、大声地笑。而在外面，喊叫、大笑是禁止的。在街道上他们从来不能笑，所以到这里来笑。这样的人喝得少。那我呢？我喝酒了就可以得到解脱吗？也许唯一得到解脱的只是头痛……

——那你不喝酒的时候呢？

——那些时候，我在寻觅。

——总是在寻觅，你。要么是画，要么是书……

——吊环问题。人应该有一个吊环。

——我不明白。

——我是说吊环问题。在这个世界上，我们每个人都好像是行走在摇摇欲坠又没有栏杆的桥上。要是没有可以抓住的东西，人就会掉下去。就好比电车上的吊环，人们伸手就可以抓住它。有些人抓住财富，有些人抓住经理的位置，有些人抓住工作、艺术，还有人抓住自己的孩子。每个人都相信自己的吊环是最好的、最高的，人们认识不到它的荒谬。我认识一个在卡厄兹曼村养了两头牛的人。这对牛又肥又壮，光彩照人。他想听人说“——维利地主的牛没人比得过”这样的话。还有更可笑的。我自从认识到社会价值观的虚伪、虚假和荒谬以来，就在寻觅唯一一个不荒谬的吊环：真正的爱！一个女人。与我彼此互相满足，与我一起思考、倾听、爱恋的女人！

萨德克把头靠在左手上，凝视着前方。左手两个手指之间燃着的烟头上灰烬有些长，有点松动，差一点儿就要掉落到下方半满的葡萄酒杯子里去了。

——把烟灰抖掉。他说。

萨德克正要动手，烟灰已掉落到杯子旁边。萨德克俯身凑近，吹掉了。

——你寻觅的女人在这个世界上并不存在。萨德克说。

——存在的！如果没有她，就不会有我了。她就住在这座城市。总有一天，我会找到她。

——你找不到的，没有那样一个女人。

他把烟扔掉。想说点儿什么又放弃了。他无法说服萨德克相信这个女人的存在。去找那两个揍了他的裁缝的必要性萨德克当时也是无法理解的。“那你为什么生气？”萨德克说：

——人们应该寻找他们找得到的东西。丰满、活泼的一个女人、一本书、一幅画！噢，对了，你参观画展了吗？

——没有。我已经很久不买画了。

——这么说，你没看见凯玛尔的最后一幅画？

——什么？凯玛尔从法国回来了吗？

——你不知道？回来一个半月了。画展上的布景很棒。你要是看见了，就会又开始买画了。

—— 别管什么画了！你跟我说说他吧。他在哪儿住？旧画室吗？

——不是，在那附近的一个地方。

小酒馆热极了，他好像才发现。他搔了搔的颈背。

——服务员，结账！他说。

萨德克问：

——怎么了？这是怎么回事？

——我们要去见凯玛尔。

——这个点我们到哪儿去找他？肯定不在画室。

——没关系，我们去看一眼。

他们站起身走了。外面很冷。穿过通道，他们从英国领馆旁边往下走。过了一会儿，萨德克说：

——哇，天哪！他的窗户亮着灯。就是那里。

他点了一根火柴照亮了门上的四个按钮。他用手指按了最上面的那个。上面那层打开的一扇窗户里伸出一个脑袋。

——是谁？

——是我。萨德克！我身旁有一个人想见你，下来开门。

——不行，你们喝醉了。

——你是戒酒协会的成员吗？别废话了，下来。

——你身旁的是谁？

他轻推萨德克，没让他开口。

——是我！他说。

——让我看看。难道是你，C.？

——没错。

——你还没有死吗？

——没有。你知道，我明天才会死。

——好，好。我把钥匙扔下去。

路过的人都看着他们。萨德克喊道：

——懒惰的浑蛋，你自己下来！钥匙会摔坏的。

——不会，我裹了手帕。

手帕掉到他们身旁。萨德克开了门。他们点着一根一根的火柴上了黑暗的楼梯。在上面，画室门口的灯光中，他看见了凯玛尔，两年来好像变了，变老了似的。

——噢，噢！你居然好端端地活着呢，哈哈！他说。

他们拥抱和亲吻。又闻到了自夏季以来他已经忘记了的那个油彩，亚麻籽油的味道。突然，他后悔来到这里。凯玛尔说：

——反正你们已经喝了葡萄酒了。即使是在二十世纪下半叶也有很多巧合啊。比如，晚上这么早你们在这儿找到我。我也要去喝酒的，但是放弃了。我想着早点儿睡。明早到对岸去见爱人,我想要头脑清醒,嘴巴清爽。来吧,没啥关系,在我爸爸知道之前让你们听到这个消息：我很快要结婚了。

萨德克说：

——滚去结你的婚吧，我希望你们还会生上几个孩子。你画什么新画了没有?

凯玛尔给萨德克指了指墙壁上的一幅画时，他还在笑。萨德克从他们身旁走开，凯玛尔转身对着他。

——坐吧,凯玛尔说,一个半月了,你怎么不来找我?

——我不知道你回来了。

——你在做些什么？讲讲吧。

他们在桌子前的椅子上坐下来。他心里的烦闷越发浓郁，他把自己仍然喝酒，仍然游荡，仍然郁闷，仍然在寻觅的状态又讲了一遍。凯玛尔问：

——也就是说，你还是没能找到?

——是啊。

——我找到了。

——在法国?

——不，在这里。

他像是没有意识到凯玛尔玩笑的表面背后隐藏的严

肃似的，又问：

——也就是说，你真的要结婚了。

——是的。

——这个女人是谁？我认识她吗？

——我不知道。她也是一个画家……

萨德克来到他们身边：

——油彩你用得还顺手吗？找起来容易吗？

两人谈论颜料的工夫，他站起身走到墙壁上的画面前。画的另一端像是一座隐形的桥。管它像什么呢，他并不在乎。纯粹是为了远离他们的谈话他才跑到这儿来看画的。画室十分凌乱，跟凯玛尔以前的画室一样，只是老板变了。以前，他觉得凯玛尔是唯一个与他待多久都不会厌烦的一个人，怎么都想不到他会成为一个“将要结婚的人”。这个人不可能再对他说出“——你的钱爱在别处显摆我管不着”这样的话。也许不久以后，这个人还会因为他不买他的画而不高兴呢。凯玛尔说：“——她也是一个画家。”“有可能是她吗？为什么不呢？”他搔了搔颈背。听到了他们这会儿的谈话。

——结婚以后，你和她面对面一坐，给对方画画。

两人笑了起来。凯玛尔说：

——这是不可能的。因为我的爱人从不画人。

他用左手揉了揉太阳穴。想起了掉色了的嫩绿的一面墙上并排挂着的，他没有花钱就获得的那两幅画。一个女人说过：“——这幅《裸体》画显然出自一个真正的艺术家之手。”那两幅画是他亲手挂到墙上的。好像遭受了背叛似的，他的心掉入了深渊般，只感到一片漆黑。他转过身看着他们。两人兴高采烈地在交谈。都很轻松的样子。谈着颜料、画。“我不是他们当中的一个。”他们好像把他给忘了。谈论着“普鲁士蓝、钴蓝”，正在说“——深绿色的缺点是……”他一下子匆忙地往外走，像是赶着去某个地方似的。他打开门。凯玛尔喊道：

——你去哪儿？

——我头痛，他说，走了，谢了！

他关上门，朝楼梯走去。

（里面的萨德克抓住凯玛尔的胳膊。）

——让他走。萨德克说。

——发生了什么事？他为什么走了？

——你不了解他吗？跟以前一样。脑子里蹦出个什么，就一阵风似的走了。八个月了都没有出现。有一天晚上在甜品店门口碰上了，一起去喝了点儿酒。他说“我们像是在没有栏杆的桥上行走”。他所有的价值观都坍塌了，在寻觅一个可以依赖的东西。过不了多久，他彻底崩溃的话，我也不会奇怪。就是这样。你在巴黎的时候，有没有和莱热[1]见面？

关上大门，走到街上，周围很冷清。城市里的大多数人现在要么在床上要么快在床上了。他朝着大街走去。对面一个女人，远远地走过。他没有跟上去。是他熟悉的情节。他看了看飞快地驶过自己身边的出租车。里面坐着的一男一女好像是两个模特。“为什么？为什么你们都是这样的人？”对于现有的一切感到满足，不去寻觅，不去思考，为了这样的生活而创造出来的世界上，只有他一个人孤寂。他的背发痒。他要回家洗澡。

4

有一会儿他想到了蚂蚁。他透过甜点店一大块连体的玻璃往外看，雨停了之后，人们从藏身的各个地方出来，把街道填满，带着干点儿什么的那种盲目的幸福，行走着。半小时之前，他走进这家甜点店，当时他看到交警挥舞指挥棒的情景，记得很久以前某一天他似乎在这里坐过。他喝了一杯橙汁，右边穿着黑白相间外衣的男人

① 费尔南・莱热（Fernand Léger，1881—1955），“机械立体派”法国画家、艺术家。

在吃巴克拉瓦[1]，这让他心里犯恶心——对于他而言，其他人能充满食欲地吃东西是低级的不公平——那时他决定雨停后出去看电影。但现在他想着蚂蚁。去电影院看电影的话，他知道，自己的头会疼得更厉害，他心里总有一种没赶上去哪个地方，要迟到了的感觉。那个地方也许就是这里。"为什么不呢？我就不会在这座城市的一个地方见到'她'吗？为了快点抵达做事地点的匆忙之中，'她'也会在这些蚂蚁一般蹭擦行走的人群当中感到迷惑，也可能从这扇玻璃前经过，为什么不呢？"街道上的各种噪声充斥在耳中。引导来往行人和车辆的交警，用手中的指挥棒，指挥一曲作者不明的、糟糕而无聊的交响乐，而他觉得交警就是那个毫无品位的乐团指挥。他做好准备，打算跟随第一个从玻璃前经过的女人身后出去。他把手里的烟头扔掉，从口袋里掏出一个里拉放到桌上。他看见被一个男人搂在怀里、从桥上拐进去的女人，就把"第一个女人"修改为"朝右走，往托普哈奈方向走的女人"。但是往那个方向走的第一个女人是一个胖乎乎的满脸皱纹的老妇人。他握紧了拳头。实在是太过分了，就只是针对他，让他头疼，拿他作乐，可怕又隐秘的力量，

① 巴克拉瓦（Baklava），果仁蜜酥，土耳其经典甜品。

拿他当玩具了吗？他对他无法明确知道的那个什么东西很生气。他在心里暗咒：“嗡的一声你们就冲我来了。尽管嘲笑我吧，你们看着。我对你们所有的家伙发誓，有一天，我会找到‘她’。”玻璃前走过一个女孩，扭过头来，没有看他，却在看着甜点店里面。这紧张的面容、怯生生的蓝眼睛，他以前在哪儿见过。他的头一下子不疼了，心里一阵狂喜，带着疯狂的急切站起身。他寻觅的就是她。让他的头疼一下子无影无踪的不是就着橙汁喝下去的阿司匹林，而是见到她的面容。飞快地出了门看见蓝色的雨衣后，他放慢了脚步。她在前面离他二十步远的地方在往前走，没有回头看。他去抓住她的胳膊对她说“——你好”，怎么样？也许别的什么都不用说，他们就会彼此理解了。也许她只会说一句：“——不用说了，我知道的。”他不打算在这里，在蚂蚁般的人群之间，抓住她的胳膊，而是要在前面清静的一条街上才会那么做。他希望快点到那条他不认识的街道。看见穿蓝色的雨衣女孩开始跑动，他十分惊讶。她刚上那辆公共汽车，他也开始跑了起来，但是没追上。公共汽车开动了。他一边跑，一边喊：

——嘿，停一下！

过往的行人都看着他。他撞上了一个男人，然后撞上另一个……公共汽车越开越远，他无法相信自己赶不上那辆车了。得想个办法。公共汽车在前方消失在车流里。他怎么忘了人们生活在一个快速的时代？他气喘吁吁地停下来，别的人都在看他。他朝经过自己的出租车挥手。

——出租车！

车上有人，没有停。要追上公共汽车，他必须拦下一辆出租车。他跑到马路中央，冲着迎面飞驶过来的出租车伸开双臂。出租车减速了，往右偏，试图从他身旁驶过，而他冲着车头跑过去。一个女人喊叫了起来。出租车停了。司机开门下了车，他朝司机靠近，看见车后座上的男人烦恼、愤怒的眼睛。也许是一个去上班的经纪人。司机说：

——狗杂种！你不要命了？

——我要追公共……

打在胸口的拳头让他踉跄了一下。他先是一惊，然后带着汹涌的愤怒一拳击打在司机的脸上。司机的双手掩住脸，蜷缩成一团。手指上沾满了血。周围慢慢地聚集了汽车喇叭、电车和人的各种噪声。

——鼻子断了。

——晕倒了。

——鼻子断了！

有一个人抓住了他的手臂问：

——怎么了，发生了什么事?

他一看，是一个警察。坐在出租车上的男人说：

——我看见了，有罪的是他。是他跑到车前面，把车给拦住了，还把司机给打了。

周围所有的人都充满敌意地看着他。他被包围了。赶上公共汽车无论如何都是不可能的了。突然之间，左太阳穴的疼痛又开始了。多年来他所寻觅的刚刚找到，却又失去了。导致他失去的这个荒唐可笑的状况，让他有一种屈服的屈辱。现在，他们可以对他为所欲为了。旁边的警察晃了晃他的手臂，用他意料不到的一种轻柔的声音问道：

——发生了什么事？讲讲。

——我本来要追公共汽车……

他停了下来，没必要说什么了。从此以后他不会跟任何人提起“她”了。他知道，他们不会明白的。

图书在版编目（CIP）数据

游荡者 /（土）尤瑟夫·阿提冈著；邢明华译．—
北京：人民日报出版社，2018.7
ISBN 978-7-5115-5583-0

Ⅰ．①游… Ⅱ．①尤… ②邢… Ⅲ．①长篇小说—土
耳其—现代 Ⅳ．①I374.45

中国版本图书馆 CIP 数据核字 (2018) 第 162094 号

Aylak Adam
by Yusuf Atılgan

Published by People Daily Press

版权登记号：图字 01-2018-4204 号

书　　名：游荡者
作　　者：［土］尤瑟夫·阿提冈

出 版 人：董 伟
责任编辑：蒋菊平　钱慧春
特约编辑：张祝馨
封面设计：周伟伟

出版发行：人民日报出版社
社　　址：北京金台西路 2 号
邮政编码：100733
发行热线：（010）65369509　65369527　65369846　65363528
邮购热线：（010）65369530　65363527
编辑热线：（010）65369511
网　　址：www.peopledailypress.com
经　　销：新华书店
印　　刷：山东临沂新华印刷物流集团有限责任公司

开　　本：787mm × 1092mm　1/32
字　　数：131 千字
印　　张：8.375
印　　次：2018 年 10 月第 1 版　2018 年 10 月第 1 次印刷

书　　号：ISBN 978-7-5115-5583-0
定　　价：55.00 元